の始まりだ。
クラスに入れ、
タも作った。
て夜空を見上げながらの
露天風呂という無限ループ。
蒸留酒をロックにして飲みながら、湯につかる。
そして、冬独特の透き通った星空を見上げる。
まるで心が洗われるような、美しい星空だ。
shousyaman no isekai survival
商社マンの異世界サバイバル
3

敵の先頭には巨大な戦斧を軽々と持つ、
コボルトキングの姿があった。
「俺がコボルトキングを倒す。
他の敵は任せた」

俺はグラシエスの牙の先端を
コボルトキングに向け、
日本語でそう宣言した。
皆が俺を、期待に満ちた表情で見ている。
……これではまるで、
絵に描いたような英雄ではないか。

ハイランデル王国との
開戦前夜——
愛し合う者たちは、
それぞれにつかの間の休暇を過ごす
ケイゴ&ユリナ
マルゴ&サラサ
ジュノ&エルザ

shousyaman no isekai survival
商社マンの異世界サバイバル3
～絶対人とはつるまねえ～
餡乃雲
ill.布施龍太

イラスト：布施龍太

CONTENTS

プロローグ

shousyaman no isekai survival

英雄《えいゆう》と呼ばれる人たちがいる。

例えばプロ野球選手。ヒーローインタビューなどと言うくらいである。プロ野球の世界で活躍《かつやく》した選手は、翌日の新聞にデカデカと載《の》り、英雄と呼ばれることになるのだ。

きっとこの不思議な世界にも、英雄と呼ばれる存在はいるはずだ。

例えば聖騎士《せいきし》、勇者、魔王《まおう》。もう十分なほど語り尽《つ》くされた物語の登場人物が、もしかするといるのかもしれない。

しかし凡庸《ぼんよう》な俺《おれ》には、どちらにせよ関係のないことに違《ちが》いない。

第一章　泥の中に咲く花

shousyaman no isekai survival

k - 177

ハインリッヒが去った日の翌日。昨日は、夜中まで眠《ねむ》れずに寝不足《ねぶそく》だった。

ベッドから起き上がると、フライパンとフライ返しをもったエプロン姿のユリナさんが、呆《あき》れ顔で俺《おれ》に「オハヨウ」と言った。しばらく俺は、ベッドの上でボーっとしてから、顔を洗って歯をみがく。そして俺は、「おはよう、ハニー」と言ってユリナさんの頬《ほお》にキスをする。そして、再びベッドに腰《こし》かけボーッとする。何故《なぜ》だろう、何もする気が起きない。

これは、気晴らしが必要だな。

今日は、ユリナさんとレスタの町に出かけることにしよう。ユリナさん曰《いわ》く、服が買えるお店はサラサの店以外にもあり、猫《ねこ》や兎《うさぎ》などの獣人《じゅうじん》が経営しているアイリス商会の服が可愛《かわい》く、お気に入りのお店なのだそうだ。俺たちは少し遅《おそ》い朝食を食べてから、服を見に町に出かけることにした。

一二：〇〇

「……」

長い。

俺とユリナさんは服を買うためにアイリス商会に入ったのだが、ユリナさんが猫の獣人であるアイリスさんに案内され、ファッションショーを始めたのだ。腕時計《うでどけい》を見ると、もう既《すで》に二時間は経過している。

そして、俺に意見を求めてくるものだからたまらない。猫の刺繍《ししゅう》がされたワンピースや猫耳《ねこみみ》のついた防寒用耳当てを身に着け「ケイゴどう？」とユリナさんから聞かれる度《たび》に、「可愛いよ」「美しい」「綺麗《きれい》だ」「とても似合っている」など、俺のもてる語彙《ごい》力を総動員して紙に書き褒《ほ》めまくった。桃色《ももいろ》の髪《かみ》から猫耳が生えているという、何とも可愛らしい姿のアイリスさんは俺の肩《かた》を叩《たた》き、ランカスタ語で何かの励《はげ》ましと思われる言葉を言ってくれた。

しかしながら、誉《ほ》め言葉のバリエーションはとっくに尽《つ》きていた。そして女性は、言葉に敏感《びんかん》だ。俺は、何を答えても株が下がってしまうという緊急《きんきゅう》事態に陥《おちい》っていた。

アッシュは犬獣人の店員さんからバトルブルの骨をもらいカジカジしていたが、飽《あ》きたのか、今は暖炉《だんろ》の前で丸まっている。

俺は外の空気を吸ってくると言って、緊急避難《ひなん》を実行することにした。

すると、ドン！　と歯の抜《ぬ》けた小さな男の子が俺にぶつかってきた。

俺は、男の子の首根っこを掴《つか》む。

ジタバタする男の子のポケットから、俺の財布《さいふ》が雪道に落ちる。

まったく……。

「○×△○‼」

放せ！　とでも言っているのだろう。

俺は男の子を解放し、自分の財布を拾う。

俺は財布から銀貨を一枚取り出すと、男の子に「おいでおいで」のジェスチャーをする。

誰《だれ》も信じないような表情をする男の子。

俺は、男の子の目の前に銀貨を一枚見せ、宴会芸《えんかいげい》の手品を披露《ひろう》した。男の子に手を開いてみろというジェスチャー。するとそこには銀貨一枚があった。

男の子の顔がパッと華《はな》やぐ。そうだ。子供は斜《しゃ》に構えていないで、笑っていろ。

俺はそれで、飯でも食えとジェスチャーをする。

男の子は「アリガトウ！」と言って手を振《ふ》りながら去っていった。

俺が、そろそろファッションショーも終わったかなと店の方を見ると、ユリナさんとアイリスさんが白い息を吐《は》きながら、こちらを見ていた。どうやら一部始終を見ていたらしい。

ユリナさんが、服の入った紙袋《かみぶくろ》をもって俺に近づいてきた。

そして、俺に腕《うで》を絡《から》ませて「アリガトウ」と言った。その一言で俺は理解した。

あの男の子も、スラム街の子供なのだろう。俺は少しだけ、悲しい気持ちになった。

k-178

一三:〇〇
その後俺は、冒険者《ぼうけんしゃ》ギルドに顔をだした。カウンターテーブルにモンスターの討伐《とうばつ》の証《あかし》を置く。逃《とう》亡《ぼう》生活中だったため、ギルドに報告できなかったコカトリス、パープルタランチュラ、サーペントなどのモンスターのものだ。

ダンがそれらを査定している間、暇《ひま》なのでギルド内を見まわすと、見知った顔の冒険者連中で賑《にぎ》わっていた。

ダンの査定が終わったようだ。俺の冒険者カードを水晶《すいしょう》のようなものにかざし、更新《こうしん》した。返却《へんきゃく》されたカードを見ると、ギルドポイントが二七三になっていた。

ダンから、討伐報酬《ほうしゅう》の金貨二八枚、銀貨三枚、銅貨五枚を受け取ると、俺はダンにハン先生に魔《ま》法《ほう》の相談をしたいと筆談で伝えた。一五〇ポイントで基礎《きそ》魔法が習得できたはずだからだ。今ならOKとのことだったので、俺はハン先生がいる書斎《しょさい》へと向かうことにした。

ハン先生の書斎は、如何《いか》にも魔法使いの部屋という様相を呈《てい》していた。薄暗《うすぐら》い蝋燭《ろうそく》明かり。呪術《じゅじゅつ》に使われるような道具がそこかしこに置いてあり、部屋中に鼻をつく、すえた臭《にお》いが充満《じゅうまん》している。

久しぶりに会うハン先生に挨拶《あいさつ》をした俺は、ギルドカードのポイントを見せ、筆談で新しい魔法の習得について相談することにした。

不敵な笑《え》みを浮《う》かべたハン先生は、「お前には、闇《やみ》属性と不死属性の才能があるから習得すべきだ」と言ってきた。

しかしハン先生の説明によると、闇属性と不死属性、光属性と聖属性は相反する性質の精霊《せいれい》の力を借りて発動する魔法であること。そのため闇属性、不死属性を習得するのであれば、光属性、聖属性を捨てなければいけないそうだ。そして俺は既に、光属性の『ライト』を習得し相当訓練を積んでいる。それに闇属性、不死属性などというものは不《ふ》穏《おん》なイメージがするので習得する気にはなれない。

そう考えた俺は、ハン先生に「光属性か聖属性を習得したい」と紙に書いて見せた。すると。

「××●◇▲××‼」

ハン先生が、何か強い口調の言葉を吐いてきた。激昂《げっこう》している様子だ。

隣《となり》をみると、アッシュを抱《だ》っこしたユリナさんが怯《おび》えた表情をし、アッシュが「ウー」と唸《うな》っている。何か、彼《かれ》の気にさわるようなことを言ってしまったのだろうか？　今日のところは止《や》めた方が良いと判断した俺は。

「また今度にします。アリガトウ」

いつもと様子の違《ちが》うハン先生に戸惑《とまど》いながらも何とか笑顔を作り、彼の書斎を立ち去ることにした。

k・179

一五：〇〇
食料を調達してから帰ろうと思い、幌馬車《ほろばしゃ》を進めていると、ユリナさんが急に「馬車をとめて！」とジェスチャー混じりでそう言った。

——道端《みちばた》に一人の少女が倒《たお》れていた。

ずいぶんとやせ細り、衰弱《すいじゃく》している。俺は少女を抱き上げ、そのあまりの軽さに驚《おどろ》いた。幌馬車の中に布団《ふとん》を敷《し》き、少女を寝《ね》かせる。そして俺は少女の体を起こし、デュアルポーション（中）とパルナ解毒《げどく》ポーションを飲ませてあげた。
ユリナさんの話によると、この少女もスラム街の子供なのだそうだ。俺たちが見つけなければ、衰弱死か凍死《とうし》していたことだろう。過酷《かこく》な現実が目の前にあった。
そういえば、確かこの町には教会があったはずだ。教会と言えば、不幸な境遇《きょうぐう》にある子供を保護することが仕事の一つであるはずだ。あまり期待はできないが、俺は教会に保護を求めることにした。

ユリナさんに聞くと、町外れにゼラリオン教の教会があるのだそうだ。ゼラリオン教の神父さんやシスターは、神に救いを求めるスラム街の子供たちに、パンを恵《めぐ》んでいるそうだ。

そうして、ユリナさんに案内されて行ってみた先には、確かに教会のような建物があった。ゼラリオン教の教会は大きく荘厳《そうごん》な印象を受けた。

コン、コン

俺は、その教会の大きなドアを軽くノックしてみた。

キー

教会のドアが音を立てて開く。するとそこには、ゼラリオン教のシスター服を着た金髪碧眼《きんぱつへきがん》の美少女、シャーロットちゃんがいた。

「××○△■？」

そして、シャーロットさんは俺を見るなり、美しい髪をかき上げながら問いかけてきた。

ふわりと黄金色に輝《かがや》く髪が空中を舞《ま》い、ほのかに良い香《かお》りが俺の鼻腔《びくう》をくすぐる。そして、彼女《かのじょ》は腰に両手をやり、魅惑《みわく》的な笑みを浮かべる。やはり、とんでもない美少女だ。そっか、囚《とら》われの身だった際には、彼女のことを単なる拷問官《ごうもんかん》だと思っていたけど、教会のシスターだったのか。

はっ！


後頭部に突《つ》き刺《さ》さるような視線を感じて振り向くと、ユリナさんがむくれていた。

――今、シャーロットちゃんのことを可愛いと思ったでしょ！

ユリナさんの目がそう言っていた。しかし今は、保護した少女のことをどうにかしなければならない。

「××○△■？」

シャーロットさんの横に、人のいい笑顔を浮かべた神父さんらしき人物が来て話しかけてきた。話を聞いてみると、ゴライアスという名のゼラリオン教の神父さんだそうだ。

しかし俺は、ムチとペンチをもった拷問服姿のシャーロットちゃんを思い出していた。

本当に、ゼラリオン教を信用しても大丈夫《だいじょうぶ》なのだろうか？　保護した少女を助けてもらえる保障はないのではないか？　そして何より俺は、このゴライアス神父の浮かべている笑顔が、完全なる偽物《にせもの》だということに気付いてしまった。

元商社マンだったということもあり、俺は相手の表情や態度から気持ちを読み取ることが得意だ。

その俺の敏感なセンサーが教えてくれた。ゴライアス神父の笑顔は紛《まが》い物だ。

俺が元いた世界には、多種多様な宗教があり、その全《すべ》てが善良なものであるとは限らなかった。悪徳宗教などという言葉があったくらいだから。

完全にゼラリオン教を信用することができなくなった俺は、教会に少女を預けることをやめ、自分の家で介抱《かいほう》することにした。

「いえ、なんでもないです」

作り笑顔を浮かべ、ジェスチャーをしながらそう誤魔化《ごまか》した俺は、シャーロットちゃんとゴライアス神父に別れを告げ、教会を後にした。

そして俺は、憔悴《しょうすい》した少女を気遣《きづか》い馬車をゆっくりと進め、家路へとついた。

k - 180

保護した少女は熱を出していたので、帰りの途中《とちゅう》キシュウ先生の治療院《ちりょういん》に寄って診《み》てもらった。

キシュウ先生から頂いた薬を飲むと、少女の病状は安定した。

一六：三〇
家に到着《とうちゃく》した俺たちは、少女を寝所兼居間に布団を敷いて寝かせてあげた。

そして、ユリナさんが献身《けんしん》的に少女の介護《かいご》にあたっていた。

そうか。ユリナさんもこうしてママに救われたのだろうな。

俺は外で薪《まき》を割り、暖炉に火を入れ部屋を暖かくし、四角いドラム缶風呂《かんぶろ》でお湯を沸《わ》かす。

少女は泣きながら、うなされていた。どうやら、母親のことを思い出しているようだ。ユリナさんは「大丈夫だよ、ここにいるよ」とでもいう様に、子守唄《こもりうた》を歌いながら、少女の頭を優《やさ》しく撫《な》でていた。アッシュもユリナさんの隣にお座《すわ》りをして、「クーン」と鳴きながら心配そうに少女を見守っている。

俺は、ブルーウルフがとってきてくれた新鮮《しんせん》なシカを解体することにした。

少女のために、元気の出る消化に良さそうな料理を作ろう。

俺は、シカのレバ刺し、シカ刺し、シカのステーキを作った。レバ刺しとシカ刺しは、『にんにくおろし』をのせ、瓶《びん》に作り置きしておいたオイスターソースモドキをつけて食べる。

ステーキはオイスターソースモドキとにんにくを使って焼く。病人食として、シカのステーキは食べやすいように焼いてから細かく切り分け、消化しやすいようにムレーヌ解毒草のスープの中でパスタと一緒《いっしょ》に煮込《にこ》む。

辺り一面にジューシーなステーキの焼ける匂《にお》いが漂《ただよ》い、ブルーウルフたちが涎《よだれ》を垂らしている。俺は、功労者にステーキの大盤振《おおばんぶ》る舞いをすることにした。

俺は作った料理を、ユリナさんと少女がいる寝所兼居間にもっていった。看病で疲《つか》れているはずのユリナさんも嬉《うれ》しいはずだ。少女にスープ料理を食べさせ、自分も食事をとったユリナさんに、「俺が看病をしているから、お風呂にでも入っておいで」とジェスチャーをして、休憩《きゅうけい》を促《うなが》す。そうでもしないと、この人はいつまでも看病を続けてしまうだろうから。

食事をして、キシュウ先生の薬を飲んだ少女は、再び安心した表情でぐっすりと眠った。

俺は、レバ刺しとシカ刺しでエールをやる。アッシュが俺を、つぶらな瞳《ひとみ》で見上げていたので分けてやる。俺は眠る少女の様子を見守る。

それからしばらくすると、風呂から上がったユリナさんが、リフレッシュした表情になって戻《もど》ってきた。

「ウインド」

俺はユリナさんを暖炉の前に座らせ、髪を優しく乾《かわ》かしてあげた。

そして、ユリナさんは再び少女の看病を始めた。よほど心配なのだろう。

俺はベッドに横になり、優しい声で子守唄を歌う彼女の姿を見ていた。俺は心地《ここち》好い、懐《なつ》かしい何かに包まれていく感覚を味わった。それは俺が小さな頃《ころ》、優しかった母さんが歌ってくれた子守唄に包まれる感覚と同じものだった。

俺は、安心しきって目を瞑《つむ》る。すると、いつの間にか眠りに落ちていた。

k-181

翌朝、少女の熱は引いていた。まだ少し熱があるが、薬を飲んで安静にしていればもう大丈夫だと思う。

少女の名前はターニャと言った。ユリナさんが、聞き出してくれた。年齢《ねんれい》は八歳《さい》だそうだ。

ターニャが目覚め、起き上がるところを助けようとすると、腕を噛《か》み付かれた。

俺のことを威嚇《いかく》するような目で見てくる。うーん。今のところ、ターニャのことはユリナさんに任せた方がよさそうだな。ターニャは、ユリナさんには「ユリナ、ユリナ」と言って甘《あま》えていた。

この間、俺にわざとぶつかりスリをしてきた男の子もそうだが、俺がこの世界で見た孤児《こじ》は皆《みな》、誰も信じないような目をしていた。きっと、そういう風にさせる何かがあったのかもしれない。ターニャに信用してもらうために、俺も頑張《がんば》らなくちゃな。

俺は、いつものように家畜《かちく》の世話をしてから、鍛錬《たんれん》を行う。

小屋に戻ると、ユリナさんがスープとパンを用意してくれていた。

一〇：〇〇

朝食を食べ終わると、俺は鍛冶《かじ》小屋にこもることにした。とある実験を行うためである。

それは、二酸化炭素を水に溶《と》かした液体、すなわち炭酸水を作る実験だった。

俺は、空気中には僅《わず》かに二酸化炭素が含《ふく》まれ、生物の生命活動には、欠かせないものであること、過呼吸などで二酸化炭素の血中濃度《のうど》が下がると、眩暈《めまい》や動悸《どうき》などの症　状《しょうじょう》が発生するという、日本人としては一般《いっぱん》常識と言ってもよい知識をもっていた。

俺は体中に魔力を巡《めぐ》らし、空気中の二酸化炭素を分離《ぶんり》するイメージをする。

「ウインド」

そう唱えると、空気中の気体が僅かに動いた感覚があった。

そして、動いたと感じた空間に向け手をかざした俺は、

「アイス」

ひたすら気体を冷やすイメージをして魔力を込《こ》めた。

すると、水分が凍《こお》った通常の氷ではなく、テーブルの上に白い煙《けむり》の出た１００円玉大の固形物が転がった。それは紛《まぎ》れもなく二酸化炭素の固形物、『ドライアイス』に違いなかった。

俺は箸《はし》でドライアイスを掴むと、冷えた水の入ったビンに入れ蓋《ふた》をする。そして、しばらくドライアイスが水に溶けるのを待つ。それから俺は、その液体を口に含んでみた。

シュワシュワとした爽快感《そうかいかん》が口一杯《いっぱい》に広がり、喉《のど》を滑《すべ》り落ちた。

それは、炭酸水を作ることに成功した瞬　間《しゅんかん》だった。

俺は同じ方法で、バルゴの果実酒をスパークリングワインに仕立ててみた。

一口飲んでみると、シュワシュワとした爽快感と辛口《からくち》な果実酒独特のハーモニーが口の中一杯に

広がった。スパークリングワインの完成である。俺はガッツポーズをした。

全く新しい味わいだ。元の世界にはなかった果実から作った酒と、炭酸の思いがけない組み合わせに、俺のテンションは上がった。世界で初めて新しい酒を生み出したのだ。俺にとっては、何にも代えがたい喜びだった。

一六：〇〇
ずいぶんと作業に没頭《ぼっとう》してしまった。

昨日のシカ肉が余っている。冷凍《れいとう》保存しているものを溶かして、シカ刺しとスパークリングワインで一杯やろう。

俺はシカ刺し、スモークチーズ、スパークリングワイン、グラスをテーブルの上に並べる。そして、ターニャの看病をしているユリナさんに声をかける。テーブルにつくユリナさん。

グラスに注いだスパークリングワインを飲んだユリナさんが硬直《こうちょく》する。

それから目を大きく見開き、「何これ！」と俺に聞いてきたが、俺は彼女に笑顔だけを向ける。喜んでくれて何よりだ。

俺はターニャにも、ルミー果汁《かじゅう》を炭酸水で割ったジュースを作ってあげた。それを飲んだターニャの表情を見て、俺は内心ガッツポーズをした。

アッシュが、ご飯の時間を察知して、俺たちの足元をウロウロし始めた。ずいぶんと可愛らしいギャングが来たな。

俺もテーブルにつくと、幸せな食事の時間を堪能《たんのう》することにした。

k‐182

俺は、ユリナさんとターニャ、アッシュが寝静《ねしず》まった後、物思いに耽《ふけ》っていた。

ターニャは、たまたま俺とユリナさんに拾われ助かった。

今日も町では、子供たちが死んでいるのかもしれない。手品で銀貨を渡《わた》してあげた男の子は、無事だろうか。

レスタの町には、子供を保護する養護施設《しせつ》のようなものはない様子だった。

しかしそれは、国や町の運営の問題であり、俺個人がどうこうできる話ではない。

俺には、目の前の一人の困っている少女を助けることしかできない。

だが、それで良いのだと思う。目の前の一人の少女を保護し、助けること。それが俺の精一杯《せいいっぱい》なのだから。一人一人が自分の精一杯で生きることで、社会は良い方向へ向かうと俺は信じる。

こうして誰かに気持ちをプレゼントすると、その相手の気持ちのプレゼントが返ってくるものなのだと思う。人間はそうやって、気持ちのプレゼントを循環《じゅんかん》させて良い社会を作り上げてきた。

俺は親友たちに心を開き、気持ちをプレゼントした。そして、マルゴ、ジュノ、サラサ、エルザたちは俺の気持ちに応《こた》えてくれた。ハインリッヒ達に捕らわれた俺を救い出してくれた。そのハインリッヒですら、俺の気持ちのプレゼントに応えてくれた。今では、彼のことを友人だと思っている。思いやりが繋《つな》がっている。

　彼ら以外にも、俺は沢山《たくさん》の人から気持ちのプレゼントをもらっている。町の門衛さん、解体屋のオジサン、露店《ろてん》で食べ物を売る人。彼らに世話になる度、俺はいつも気持ちのプレゼントをもらっている。俺も、世話になった彼らにはきちんと礼を言う。だから俺は、レスタの町が大好きだ。

　そんな町で、飢《う》えや病《やまい》に苦しんでいる子供たちがいると気が付いた。

　俺は、基本的にレスタの町には関《かか》わろうとは思わない。だがスラム街の子供たちが苦しんでいるとなると、少し事情が変わってくる。俺の最愛の妻が置かれていた境遇を思うと、見過ごせるはずがない。

　マルゴやジュノが設立した蒼《あお》の団は、自警団組織として今後も活動すると言っていた。マルゴたちに相談をしてみると良いかもしれない。子供のスリや窃盗《せっとう》を減らせば、町の治安維持《いじ》という名目も立つ。

　俺には使い道のない金貨がある。使い道のないものなら、できるだけ良いことに使うべきだ。

　マルゴとジュノは、町議会の議員というレスタの町を運営する側の人間になってしまった。なので、今もなお死んでいく子供たちがいるとすれば、その子供たちに対する責任は、マルゴやジュノにもあるということになってしまう。彼らはその事実に気が付いていないのかもしれないので、親友として言ってあげるべきだろうと思う。

俺は親友たちに、助言と相談をすることにした。

k - 183

翌朝、ターニャはすっかり元気になっていた。殆《ほとん》ど寝たきりだったので、体力が完全に回復したとは言い難《がた》いが、それでも病気は治ったようだ。今日は快気祝いだ。

ユリナさんと病《や》みあがりのターニャには小屋で大人しくしているように言い、俺は川に食料を採りに行くことにした。ターニャはここ最近、かなり俺に懐いてくれるようになった。

「アッシュ。ユリナさんと
「ワン！」

アッシュが尻尾《しっぽ》をフリフリしながら、元気に返事をした。頼もしい限りだ。

一〇：〇〇
川辺に到着すると、例によって穴だらけのマーマンが倒れていた。こいつも不憫《ふびん》な奴《やつ》だよな。
俺は剣《けん》と盾《たて》を構え、辺りを警戒《けいかい》する。すると、水面《みなも》からザパっと、ジャイアントアーチンが三体現れた。俺は、針攻撃《こうげき》を盾で何とかやり過ごし、ウルヴァリンサンダーソードと【スキル：ソードピアーシング】でジャイアントアーチンを倒すことに成功した。
俺は、水属性付与《ふよ》に使えるマーマン、食料のジャイアントアーチン三体を幌馬車に積み込み帰ることにした。

一三：三〇

小屋に戻るとマルゴ、ジュノ、サラサ、エルザが来ていて、暖炉を囲みながらユリナさんと談笑《だんしょう》していた。俺は、ランカスタ語で「コンニチハ」と挨拶をする。

丁度、新鮮なウニを獲《と》ってきたところだ。今日は宴会《えんかい》をしよう。

ターニャは少し人見知りなのか、マルゴたちには懐かずユリナさんの陰《かげ》に隠《かく》れていたが、だんだんと打ち解けていった。

俺は、炭酸水とスパークリングワインを作った。バルゴの果実酒だけではなくミランの果実酒もスパークリングワインにした。二種類の果実酒を混ぜるとロゼっぽくなったので、ロゼもスパークリングワインにしてみた。

ジャイアントアーチンの解体は針が危険なので、マルゴとジュノに任せた。

ウニを豪勢に使ったパスタ料理や、グラスに塩水と一緒に盛り付けた生ウニは、ユリナさん、サラサ、エルザ、ターニャに任せる。アッシュが彼女たちの足元で「まんまちょーだい！」とウロチョロしている。ターニャも、笑顔で元気にユリナさんから料理を教わっていた。実に微笑《ほほえ》ましい光景だ。

一六：三〇

俺たちは、少し早めに食卓《しょくたく》につくことにした。

スパークリングワインを飲んだ大人たちが硬直する。そして、極上《ごくじょう》のウニ料理。

このままでは、二日酔《ふつかよ》いは確定だろうな。後でムレーヌ解毒草のスープを作ることを忘れないようにしないと。

アッシュが、サラサとエルザから生ウニのパスタを交互《こうご》にもらっている。口のまわりがウニソースでベトベトになっている。後で綺麗にしような。

一八：三〇
俺は宴会がひと段落したところを見計らい、レスタの町の孤児について四人に相談することにした。

ターニャがスラム街の子供であり、俺が瀕死《ひんし》のところを助けたこと。町にはこのような子供がいるので、助けてあげたいこと。ついては、蒼の団の協力を得られないかと筆談で聞いてみた。

難色を示すマルゴとジュノ。サラサとエルザも難しいのではないか？　という表情をしている。やはりこの世界では、スラム街の子供が死ぬということは「仕方がない」という認識《にんしき》のようだ。だが、ここで引き下がってはいけない。

俺は「町議会の議員になったマルゴとジュノには、子供たちの命を守る責任があるはずだ。死んでいく子供をお前たちが見捨てる姿を俺は見たくない」と紙に書いてテーブルに出した。字を読んで、顔を見合わせるマルゴとジュノ。「しかし、あれだけの数の子供たちを救うとなると、金が……」

とマルゴが紙に書く。

俺はベッドの下から、重い金貨袋《ぶくろ》を一つ取り出した。金貨は三〇〇〇枚を超《こ》えた辺りから数えていないが、この一袋の中には金貨一〇〇〇枚はあるはずだ。

俺は、この金貨を使ってくれとジェスチャーし、マルゴに手渡《てわた》した。

俺の覚悟《かくご》や想《おも》いが、きちんと四人に響《ひび》いてくれたようだ。四人は俺の提案を快諾《かいだく》し、ランカスタ語で議論を始めた。

エルザが「自分の宿屋を蒼の団の施設として使っているけど、敷地《しきち》内にテントを設置することはできる。食事は任せて」と紙に書いて俺に見せてくれた。

二〇：三〇
話はまとまった。

「後は、飲みながら話そう」と俺はジェスチャーで提案する。笑顔になるマルゴたち。眠たいターニャとアッシュは、既にユリナさんがベッドに寝かしつけていた。

「アイス」

俺は全員のグラスに氷を入れる。

俺は、蒸留酒を炭酸水で割って『ハイボール』を作った。シュワシュワと泡立《あわだ》つハイボールは実に美味《うま》そうだ。それを飲み、全員が硬直した。

ハイボールのスモーキーかつ爽快《そうかい》な味わいと、生ウニが実に合う。

それから俺たちは、気まぐれに雪見風呂《ぶろ》をしながらハイボールを飲んで過ごした。

その日は珍《めずら》しく、いつものドンチャン騒《さわ》ぎにはならず、どうすれば子供たちを助けられるかについて、真面目《まじめ》な議論となった。

「この感じ、何かいいなあ」

一人じゃない。悩《なや》み、アイデアを出し合い、行動を共にしてくれる仲間がいる。

俺は、そんなことが嬉しくて仕方がなかった。

マルゴ13

ケイゴが町へ帰ってきた。

異端審問官《いたんしんもんかん》がいると聞いていたので心配していたが、どうやら杞憂《きゆう》だったようだ。ケイゴはいつものように飄々《ひょうひょう》としており、内心ほっとした。

俺たちは握手《あくしゅ》してから、肩を抱き合って喜んだ。そして、その日は蒼の団全員で盛大《せいだい》な打ち上げをした。


……

ハインリッヒは結局、町を追放されることになった。

そしてある日、ケイゴの家にファイアダガーを受け取りに行くと、そのハインリッヒがいた。

ケイゴの馬鹿野郎《ばかやろう》、何を考えていやがる？　俺は思わずカッと頭に血が上った。

しかし、ケイゴは落ち着けと、俺にジェスチャーをした。俺は深呼吸をして、何とか気を静める。

ケイゴが一番の被害者《ひがいしゃ》だ。ケイゴが良しとするのなら、俺が何かを言うべきではないと思い直した。

その日は、ハインリッヒも同席した上での宴会となったが、俺には到底《とうてい》この男を許すことはできそうになかった。


……


ハインリッヒがケイゴの家を去った。タイラントの町に行ったらしい。俺は、内心ほっとした。

俺は、ジュノ、サラサ、エルザを連れて、ケイゴの様子を見に行くことにした。まあ、ただ単に、一緒に飲みたいだけなのだが。

ケイゴの家に着くと見知らぬ少女がいた。

聞くと、ケイゴとユリナが倒れていた少女を保護したらしい。ターニャという名前だそうだ。そして、その日、俺たちに激震《げきしん》が走った。

ケイゴがドヤ顔をするものだから、どれどれと見てみると、なんだ。単なるミランの果実酒じゃないか。

ゴク……。シュワシュワ……。

ドドーン
カッと目を見開いた俺の背後に、青い稲妻《いなずま》が轟《とどろ》いた。

何だこの飲み物は。爽快な感触《かんしょく》と芳醇《ほうじゅん》な香り。確かにこれはミランの果実酒だが、ただのミランの果実酒ではない。

ケイゴは『スパークリングワイン』だと言っている。俺はあまりに酒が美味《おい》しくて号泣《ごうきゅう》してしまった。

その後、『ハイボール』なる飲み物を出された。ふん、単なる蒸留酒ではないか。俺はもう騙《だま》されんぞ……。

ゴク……。シュワシュワ……。

ドドーン
再びカッと目を見開いた俺の背後に、青い稲妻が轟いた。

ありえない爽快感と濃密《のうみつ》な蒸留酒のハーモニー。そう、これは言わば、酒神が作った神々の酒に違いない。俺はあまりの美味しさに、再び号泣することとなった。

その日のケイゴの家での宴会では、珍しく真面目な話をした。

ケイゴがスラム街の子供たちを助けたいと言い出したのだ。大量の金貨をケイゴから預かった。ユリナの生《お》い立ちを聞いた俺たちも他人事《ひとごと》ではないと思った。

何よりも、「町議会の議員になったマルゴとジュノには、子供たちの命を守る責任があるはずだ。死んでいく子供をお前たちが見捨てる姿を俺は見たくない」というケイゴの想いや覚悟が心に刺さった。

俺はケイゴの言葉を聞いて、ハンマーでガツンと頭をぶん殴《なぐ》られた気分になった。子供を見捨てるような俺たちじゃないことを、見せないといけないと思った。そんな当たり前のことに気付かせてくれたケイゴに対し、俺は感謝した。

ユリナ2

私の夫が鍛冶小屋にこもっている。

何かを作ると言っていたけど、さっぱりわからない。夫は天才すぎて、時々何を考えているのか、わからなくなる。

「私はおねえちゃんだから、アッシュが先にお肉を食べるの！」

「ワン！」

シカの干し肉が入ったお皿を挟《はさ》んで、ターニャとアッシュのにらめっこは続く。

ただし、二人とも、よだれで口元がベトベトだ。

お互《たが》いに譲《ゆず》り合うターニャとアッシュがあまりにも可愛くて、思わず抱きしめてしまった。

「こうすれば良いのよ」

私は、お皿に載《の》った干し肉を半分に割って、ターニャとアッシュの口に放《ほう》り込んであげた。

もう、なんて可愛いのかしら。天使なの？


ターニャは、私たちの馬車に運びいれたとき衰弱しきっていた。ケイゴは何も言わず、介抱してくれた。キシュウ先生にも診てもらったので、きっと大丈夫だと思う。

その後、ターニャは順調に回復していった。今では、アッシュとジャレ合うくらい元気一杯。

ケイゴの周りにはどんどん幸せが広がっていく。


その日、ケイゴの作った『スパークリングワイン』という飲み物を飲んだ。

ゴク……。シュワシュワ……。

ドドーン

カッと目を見開く私の背後に、青い稲妻が轟いた。

あまりに美味しいその『スパークリングワイン』という飲み物のせいで少し飲みすぎてしまった。

私はママにも、この美味しい飲み物を飲ませてあげようと思った。

k - 184

翌朝、俺たちはスッキリと目覚めることができた。今日は暖炉の火が消えているというのに、やけに部屋の中が暖かく感じる。暖気でも来ているのだろうか。

昨日はスラム街の子供たちをどうやって助けるか、それを徹底的《てってい》に議論した。そして、今この瞬間も子供たちの命が散っているかもしれない。俺も蒼の団の準備が整い次第《しだい》、手伝いに行くとマルゴたちと約束した。

マルゴたち四人は、ユリナさんの作った朝食をとると、レスタの町へと帰っていった。

一四：〇〇
外に出ると、雪が解けて泥水《どろみず》のようになっていた。今日は、やはり一時的な暖気が来ているようだった。
これは、マズイと思ったが、もう遅かった。アッシュとターニャが大はしゃぎで泥水に突撃《とつげき》していった。これは、後で洗濯《せんたく》が大変そうだ。

ユリナさんは、ターニャが転ばないように手をつないであげていた。

ターニャの手には、泥の中に力強く咲くガーベルの花。どうやら、解けてシャーベット状になった雪の中から発見したようだ。

ユリナさんとターニャが、手をつなぎながら一緒に歌を歌っている。

それは、とても優しく、それでいてどこか懐かしい、そんなメロディだった。

一六：三〇
冬は日が落ちるのが早い。
俺は、親指と人差し指で額縁《がくぶち》を作り、二人と一匹《ぴき》の絵を描《えが》く。太陽が傾《かたむ》き始め、景色が茜色《あかねいろ》に染まっていく様が綺麗だ。
ユリナさんは笑顔でまわりを幸せにする。力強く、そして何よりも優しい。泥だらけになっていても、これほど美しいものはないと俺は思った。

それから、俺は絵描きを気取るのは止めることにした。

もう、傍観者《ぼうかんしゃ》でいるのはまっぴらだと思った。そんなことを続けて、ユリナさんが呆れて去って行ってしまったらどうする。

俺は、人生という物語の主人公になりきれない自分に戻るのが嫌《いや》で、ユリナさんたちと一緒に泥だらけになって遊ぶことにした。こんなに心がはしゃぐのは、いつ以来だろうか。

こうしてガーベルの花を手に持った男は額縁の中に登場し、絵は完成した。

一八：〇〇

俺は、泥だらけの格好《かっこう》で風呂を沸かし、泥を落とすことにした。アッシュも風呂の中で犬かきをしていて楽しそうだ。

遊び疲れたのか、ターニャとアッシュは俺のベッドで早々に眠ってしまった。

その何ともいえない和《なご》やかな光景に、俺とユリナさんは相好《そうごう》を崩《くず》す。

俺とユリナさんは、カチリとグラスを鳴らす。蒸留酒をロックでやることにした。喉を、アルコール度数の高い酒が滑り落ちる。焼ける感覚がたまらなく美味い。

俺は深く息をつく。そして、ボーっと暖炉の炎《ほのお》の揺《ゆ》らめきを見つめる。

子供と遊ぶのは予想以上に体力を使う。むしろ、自分が子供になっていたような気がする。俺とユリナさんは、ターニャとアッシュを起こさないようにそっとベッドにもぐりこむ。それは、この世で最も幸せな瞬間に違いなかった。

第二章　救え

shousyaman
no
isekai survival

ジョニー4

俺《おれ》はジョニー。今日も俺のモヒカンはキマってる。

陽気が取り柄《え》の俺と子分たちにも辛《つら》い過去があった。

俺たちはスラム街の孤児《こじ》だった。歓楽街《かんらくがい》で生まれ、捨てられた。親が誰《だれ》なのかもわからない。ヤクザな世界で生きてきた。スリや窃盗《せっとう》などは、日常茶飯事《さはんじ》。ゴミ山で鉄くず拾いをする毎日だった。

それでも、俺はこのレスタの町が好きだ。

俺たちはスラム街へ出かけ、子供を見つけては仕事を依頼《いらい》する。

主な任務は、『水汲《みずく》み』などの、極《きわ》めて困難な任務だ。

俺たちギャングとスラム街の子供たちは、もちつもたれつの関係なのだ。

俺は、任務を達成したチビッ子の頭を無造作になで、銅貨を一枚やる。

――これで、今日も凌《しの》げるはずだ。

……

今日もスラム街でジャンとメリッサが死んだ。ここでは、単なる風邪《かぜ》も命取りだ。

俺たちは、ジャンとメリッサの遺体を布でくるみ、火葬場《かそうば》まで運ぶ。放っておくと、他《ほか》の子供たちにも病気がうつるかもしれない。

目から出ているのは汗《あせ》だ。ギャングである俺たちは、決して涙《なみだ》など流さない。

そんな時だった。ジュノが俺たちに、とある仕事を依頼してきた。その仕事内容を聞いて、俺たちは引き受けることにした。その仕事を引き受けるのは、俺たちにとって当たり前のことだった。

子分A

オイラはジョニーのアニキの第一の子分ピンス。ジョニーのアニキのモヒカンは、今日も決まっていて最高だ。

……


今日、ジャンとメリッサが死んだ。

暖のとれる布団《ふとん》と食べ物があれば、死ななかったかもしれない。貧乏《びんぼう》なオイラたちには、どうすることもできなかった。この世には、きっと神様なんていないに違《ちが》いない。

「寒かったろう。ひもじかったろう。全部俺のせいだ。すまん、もう二度と誰も死なせやしねえ」

教会の火葬場で、ジョニーのアニキが冷たい地面に手をついて号泣《ごうきゅう》していた。


……


ジュノから、ガキどもを蒼《あお》の団キャンプ地に連れて行くことを頼《たの》まれた。

オイラは、突然《とつぜん》のことで頭がついていかなかった。ジュノは、今何て言った？　スラム街の孤児を全員助けると言っていなかったか？

ジュノの指示でガキたちを蒼の団キャンプ地に連れていったら、団の人たちが暖炉《だんろ》のある食堂に迎え入れてくれた。

団の人たちは、ガキどもを風呂《ふろ》に入れ、新しい着替《きが》え、温かいスープ、暖かい寝床《ねどこ》を用意してくれた。

これできっと、何人もの命が救われる。そう思ったら、目から涙があふれて止まらなかった。

k - 185

翌朝、一時的な暖気は去り、俺たちは再び厳冬期の寒さを感じることとなった。

俺は、寒さに震《ふる》えながら、完全に消えてしまった暖炉に火を点《つ》ける。ふわりとした暖かい空気が部屋の中を充《み》たす。それからしばらくして、のそのそと布団の温《ぬく》もりを名残惜《なごりお》しそうにしながら、ユリナさんとターニャが起きてきた。

アッシュだけは寒さには強いらしく、朝からピョンピョンと飛び跳《は》ね、今日も元気一杯《いっぱい》だった。

……

朝の日課と朝食を終えると、俺はユリナさんとターニャに大切な話をすることにした。

蒼の団でスラム街の子供たちを集め助ける。そして、それを管理するのは俺が信用する親友たちだ。

子供は子供同士の社会を作る。ときには笑って、ときにはケンカをして泣いて、仲直りをして。そうして、子供の人格は徐々《じょじょ》に形成されていくものなのだと思う。

ターニャにとって、同い年の友人と触《ふ》れ合い社会性を養うことは大切なことなのではないか。ターニャも、他の子供たちと一緒《いっしょ》に暮らしていくべきなのではないのかと思った。

その考えを紙に書いて、テーブルで向かいあって座《すわ》るユリナさんに手渡《てわた》した。

ヒシッ！

ユリナさんは俺の考えを知り、「ダメ！」と言って、ターニャを抱《だ》き寄せた。ターニャに俺の考えを伝えるユリナさん。ターニャも「イヤ！」と言ってユリナさんに抱きつき、涙目になった。ついでにアッシュもターニャの足にヒシッ！　っとくっついた。アッシュは単にじゃれついているだけだとは思うが。

二人と一匹《びき》の抗議《こうぎ》の目が俺に向けられる。涙目の視線は、俺の罪悪感を刺激《しげき》した。アッシュも「クーン」と物悲し気な声で鳴き、つぶらな瞳《ひとみ》で俺を見上げている。


これじゃあまるで、俺が悪者みたいじゃないか。俺は降参の意を示すために、両手を上げた。

俺は、日本語でそう言った。

「俺が悪かったよ」

すると、涙目だった二人が、ニパッと笑顔《えがお》に変わった。

俺もターニャが可愛《かわい》い。ユリナさんは俺よりももっとターニャのことが可愛いのかもしれない。アッシュもターニャに懐《なつ》いている。もはや、ターニャは俺たちにとって家族も同然の存在になっていた。そんなことを再認識させてくれる出来事だった。

　昼下がり。

　俺が薪割《まきわ》りをしているとジュノが我《わ》が家を訪《おとず》れた。彼《かれ》は、「子供たちの件についてだ」と紙に書いて渡《わた》してきた。俺は小屋の中に入り、ジュノの話を聞くことにした。

ジュノ11

　全く、やれやれだぜ。マルゴのやつときたら、俺をこき使ってきやがる。

　俺はケイゴとした『スラム街の子供たちを助ける』という約束を果たすため、スラム街に足を踏《ふ》み入れた。ギャングのジョニー一味がスラム街に出入りしているので、あることを頼むつもりだった。

　スラム街に到着《とうちゃく》すると、ジョニー一味が鎮痛《ちんつう》な面持《おもも》ちで佇《たたず》んでいた。

　道端《みちばた》には、ガーベルの花が二輪供えられていた。また、罪もない子供が死んでいた。

　ジョニー一味がスラム街の子供たちのヒーローなのは周知の事実だ。何せ彼ら自身もスラム街の出身なのだから。

　俺は、うなだれているジョニーの右肩《みぎかた》を叩《たた》く。

「よう、久しぶりだな。ケイゴの件では色々と世話になった」

「ジュノか。今さら何の用だ？　お前、ずいぶんと出世したようだな？　今日、ジャンとメリッサが死んだ。仲の良い兄妹《きょうだい》だったんだ。町のお偉《えら》いさん方に言っておいてくれ。お前らのせいだと」

ジョニーが吐《は》き捨てるように、そう言った。

「その件についてだが、お前らに依頼をもってきた。もちろんタダとは言わない」

そして、俺はマルゴが書いた依頼書をジョニーに手渡した。

そこには、スラム街の子供たちを蒼の団キャンプ地に避難させること、子供たちの面倒《めんどう》を見る手伝いを依頼することが書かれていた。

書状に目を通したジョニーは、すぐに「了解《りょうかい》した」と返事をくれた。

きっとスラム街の惨状《さんじょう》を嘆《なげ》くこの男であれば、引き受けてくれるだろうと思っていた。


……


俺はその足でケイゴの家へと向かった。

俺が到着すると、ケイゴはいつも通りマイペースに薪割りをしていた。

ユリナさんとターニャは、一緒に野菜の皮むきをしていた。アッシュはごはんが欲《ほ》しくて、ユリナさんとターニャの足元をうろうろしている。

俺は、ふっと頬《ほお》が緩《ゆる》んでしまう。スラム街の惨状を見てきた俺からすれば、何とも心が温まる光景だった。

——子供にとっては、これが当たり前であるべきなんだよな。

俺は、心からそう思った。

それからケイゴに声をかけ、俺たちは小屋の中で話をすることにした。

k‐186

ジュノから「子供たちを治療《ちりよう》するのを手伝ってほしい」と言われた俺は、さっそくレスタの町に出かけることにした。

もしかすると長丁場になるかもしれない。ハーブ鶏《どり》を連れて行くわけにはいかないので、後でサラサに相談しようかなと思っていたら、サラサが既《すで》に鶏《にわとり》の世話を自分の店の使用人に依頼してくれたとのことだった。

衰弱《すいじやく》した子供もいるだろう。ポーション類は全部もって行くことにした。

きっと不衛生な状態だろうから、風呂を沸《わ》かすための四角いドラム缶《かん》と石鹸《せつけん》をもっていく。あとは食料や薪など。俺はジュノに手伝ってもらい、積み込《こ》めるだけの物資を馬車に詰《つ》め込んだ。

ジュノには他にも色々と仕事があるのだろう。馬に飛び乗ると、一足先にレスタの町へと帰っていった。

俺たち三人と一匹は、幌《ほろ》馬《ば》車《しや》に乗り込みレスタの町を目指した。

一八：三〇

ようやくレスタの町に着いた。俺はエルザの宿屋にある厩《うまや》に馬車を停《と》める。エルザの宿屋の敷地《しきち》内には既に木と布で作ったテントが沢山《たくさん》並んでいた。それらは、ネイティブアメリカンが使うティピーのように見えた。宿屋の部屋も足りないくらい、スラム街には子供がいるのだろう。俺たちは幌馬車で寝《ね》泊《と》まりすることにした。幌馬車用のストーブと布団をもってきて良かった。

ユリナさんとターニャは到着するなり、エルザの指示で炊事場《すいじば》に向かうこととなった。ターニャは野菜の皮むきならできる。

寒い冬の夜だ。お湯はいくらあっても良いだろう。俺は、ドラム缶を外に出し湯を沸かした。また湯を沸かす合間に、幌馬車の薪ストーブでポーション作りをした。

俺は倉庫前にいたサラサに、「薬草をくれ」と書いたメモを渡した。テントと子供の数を見た俺は、持ってきた薬草だけでは足りないと思った。

しかしサラサは、倉庫の中の一区画を指差した。そこには、大量の薬草が積まれていた。流石《さすが》はサラサだと思った。

二〇：〇〇

俺は、何度目かのドラム缶で湯を沸かしつつ空を見上げる。体の芯《しん》から凍《こご》える、澄《す》み切った冬の空だ。

――遠くに人影《ひとかげ》が見える。

それは、子供を担《かつ》いだ大人たちだった。ジョニーたちや蒼の団の男たち。歩く気力も体力も無く衰弱しきった子供たちが、続々とテントに運びこまれていった。子供の数は三〇人を超《こ》えていた。

それは、長く静かな戦いの始まりだった。

k - 187

二〇：三〇

エルザの宿屋の敷地は、戦場と化していた。

しかし、戦場にしては剣戟《けんげき》の響きや怒号《どごう》が一切《いっさい》飛び交《か》っていない。水を打ったような、異様な静けさだった。

子供たちは泣かない。いや、泣けないが正しい。泣く気力すらないほど衰弱しているのだ。熱のある子供も多かった。

俺は、テントの中の布団で横たわる子供の体をお湯で濡《ぬ》らしたタオルでふき、パルナ解毒《げどく》ポーションを、イレーヌ薬草の体力ポーションを飲ませる。ひたすらそれを繰《く》り返す。そして、ポーションの在庫があっという間に無くなっていった。

俺は、ホットタオルで子供の体をふく作業を他の者に任せ、ポーション作りに専念することにした。ポーション作りは俺でなければできない。

俺はサラサから仕入れた大量の薬草を使ってパルナ解毒ポーション、イレーヌ薬草の体力ポーションをひたすら作製していった。ポーション作りには少量ではあるが魔力《まりょく》を使う。俺は魔力切れを起こさないように、ベルジン魔力草をムシャムシャとほおばりながら、薬草を鍋《なべ》で調合し続けた。


『個体名：奥田圭吾《おくだけいご》は、錬金術《れんきんじゅつ》Ｌｖ９を取得しました』

『個体名：奥田圭吾は、錬金術Ｌｖ10を取得しました』

『個体名：奥田圭吾は、錬金術Ｌｖ11を取得しました』


たまに出ては消えるウィンドウ表示には目もくれず、俺はポーション作りに没頭《ぼっとう》した。

ユリナさんたちは、衰弱した子供たちのために、消化の良いシチューを作ったようだ。

男たちの手によって、厳冬によって衰弱したスラム街の子供たちが、続々と運ばれてくる。

俺たちは、言葉を発する気力すらない子供たちを救うため、必死に戦い続けた。


……

作業は夜を徹《てつ》した。俺は、魔力だけでなく体力も疲弊《ひへい》していた。デュアルポーション（中）を飲み、それでもポーションを作り続けた。

俺が途中《とちゅう》で倒《たお》れたせいで、救えたはずの命が失われることにでもなってみろ。俺に、そのような十字架《じゅうじか》を背負う自信はない。俺は目の下に隈《くま》を作りながら、無言で作業を続ける。

こんなもの、子供たちの命と比べれば安いものだ。俺は、そう自分に言い聞かせ、気持ちを奮い立たせる。

ユリナさん、エルザ、マルゴ、ジュノ、サラサ、ジョニーたち。その他、蒼の団のメンバーの皆《みんな》も頑張《がんば》っている。大変なのは皆一緒だ。俺たちの想《おも》いは、たった一つ。子供の命を救いたいということ。

俺たちは、一致《いっち》団結していた。

ジョニー5

「サブリナ！」

「ジョニー……」

テントの中、サブリナが細く小さい腕《うで》を俺にのばす。俺は小さなその手をギュッと握《にぎ》る。この少女は、俺がスラム街に行くと、いつも金魚のフンみたいにくっついてくる、甘《あま》えんぼうさんだ。

「大丈夫《だいじょうぶ》だ。俺が約束を破ったことがあるか？　お前の病気は絶対、俺が治してやるからな！」

「うん……」

サブリナは熱で辛《つら》そうにしながらも、いい笑顔になった。


テントを出た俺は、すぐにポーションを作っているケイゴの所へと向かった。

ポーションの在庫はとっくに尽《つ》き、サブリナはまだポーションを飲んでいない。

「ケイゴ！　ポーションはまだか！」

俺はケイゴの背中に怒声《どせい》を浴びせる。ケイゴは鍋に向かってこちらを見ようとしない。しかし、台に載っている二種類のビンと紙をつかむと、無言で俺に腕を突《つ》き出してきた。紙にはイレーヌ薬草の体力ポーション、パルナ解毒ポーションと書いてある。

「ありがてえ、恩に着る！　怒鳴《どな》って済まなかった！」

ケイゴは何も言わず、黙々《もくもく》と作業を続ける。ケイゴの背中は、まるで「絶対、誰も死なせない」と言っているかのように見えた。

俺はサブリナをそっと起こすと、ケイゴがくれた二種類のポーションを、彼女《かのじょ》が飲みやすいように小さなコップに少量入れ、飲ませてやった。

すると、サブリナの荒《あら》かった呼吸が次第に整っていった。

「ありが……とう。ジョニー……」

そして、サブリナはスーっと静かに眠《ねむ》りについた。

良かった……。きっとこれでサブリナは大丈夫だろう。

だが、これで終わりではない。次々と弱った子供たちが運び込まれている。

ケイゴから受け取ったポーションは、まだ余っている。少しでも多くの子供を救わねば。

俺は、司令塔《しれいとう》役を買って出てくれたサラサに、サブリナがポーションを飲み容態《ようだい》が安定したことを報告。彼女の指示に従い、病気で弱っている子供がいる次のテントに向かうことにした。

サラサ8

子供たちを救うためにケイゴが出してくれた金貨一〇〇〇枚。私はその資金のやりくり、運用について、全面的に任されることになった。

商人としての、腕の見せ所が来た。私は紙とペンを使って、いつまでに、何が、いくつ必要かを書き出す。

団の方針として、近くスラム街の子供たちを受け入れることになる。当面、寝泊まりをするためのテントが大量に必要となる。それから薬草、日持ちのする根菜類、穀物、干し肉、水。物資の高《こう》騰《とう》につながってもいけないから、買占《かいし》めにならない程度に量を調節しなければいけない。

私は店に出入りしている行商人に、必要な物資と量を紙に書いて渡す。他の町に、買い付けに行ってもらうためだ。

また、金銭の運用にも注意が必要だ。ポーションを馬鹿《ばか》みたいに買っていては、すぐにお金が尽きてしまう。なので、私は材料の薬草だけを揃《そろ》えてケイゴに渡すことにした。

薬草はイレーヌ薬草、ムレーヌ解毒草、ベルジン魔力草の三種類。店にある在庫や、冒険者《ぼうけんしゃ》ギルドにある在庫を確認《かくにん》の上、追加で採取依頼を冒険者ギルドに出しておく。

ケイゴには、目一杯《めいっぱい》活躍《かつやく》してもらおう。彼には、その実力がある。

キシュウ先生にも協力を仰《あお》いだけど、駄目《だめ》だった。「俺はプロだ。技術の安売りはしないし、ボランティアで人の命を救ったりはしない。人の命はそんなに軽いものじゃない」と、鋭《するど》い眼光でそう言われた。私も商《あきな》いを生業《なりわい》としている者として、それ以上彼に頼むことはできないと思った。


……


子供たちの受け入れ当日がやってきた。

ここからが本番。私はエルザと一緒に現場に入り、倉庫管理、情報整理などの陣頭《じんとう》指揮をとることにした。倉庫の物資が足りなくなれば、伝令を商店まで走らせ指示を出す。テント毎《ごと》に番号を振《ふ》り、病状を正確に把握《はあく》するよう努めた。

冬の透《す》き通った空に星が瞬《またた》く頃《ころ》。次々と痩《や》せ細った子供たちが、男たちに抱《かか》えられて運ばれてきている。

――絶対に誰も、死なせはしない。

それは私たちにとって、長い戦いの始まりだった。

k-188

サブリナという少女の容態が急変した。

俺はすぐに、少女のテントに駆《か》けつけた。そこには少女の手をにぎりしめ、声をかけ続けるジョニー。そして、ユリナさん、エルザ、サラサ、ジュノが鎮痛な面持《おもも》ちでうつむいていた。

サブリナの呼吸はだんだんと弱くなり、顔も青白くなっていくのを、俺はカカシのように見ていることしかできなかった。

――そんな時だった。

「××○……、◆△×■」

渋《しぶ》く低い声が俺たちの耳に響《ひび》く。そして、その人物は大きな革のカバンを持って、テントの中に入ってきた。それは、俺が幾度《いくど》となく世話になった医師のキシュウ先生だった。

サラサは、「キシュウ先生は、お金の工面《くめん》ができなくて頼めなかった」と言っていたのだが。

キシュウ先生は、ただ立っていることしかできない俺たちを押《お》しのけ、サブリナの診察《しんさつ》を始めた。

そして、カバンから様々な種類の薬を取り出し調合。俺の全く知らない薬草が何種類もあった。

そしてキシュウ先生は、サブリナに完成した薬を飲ませた。すると、徐々にサブリナの顔に生気が戻《もど》り、呼吸も安定し始めた。

そうか……。自分の作ったポーションを飲ませることは、そもそもサブリナの病気への対処として間違っていたのだということを思い知らされた。

サブリナに対する治療を終えたキシュウ先生は、俺の前に来ると、拳《こぶし》を振り上げ。

バキッ！

「○○△‼　■△▽×！」

キシュウ先生は鋭い眼光で俺を睨《にら》みつけ、殴《なぐ》り、そして叱責《しっせき》した。

言葉はわからないが、何を言われているのかは、十分すぎるほどわかった。大した知識もなく、医師の真似事《まねごと》をした俺に怒《おこ》ったのだろう。本物の医師である彼からすれば、当然の怒《いか》りだと思う。

俺は自己嫌悪《じこけんお》に陥《おちい》った。しかし、苦しんでいる子供たちの顔を思い浮《う》かべ、すぐに気持ちを立て直した。落ち込んでいる時間など、一分一秒たりともあるものか。

「キシュウ先生！　どうか俺たちに力をお貸しください！」

俺は顔を腫《は》らしながら、その場で土下座。キシュウ先生の協力を仰ぐための言葉を吐いた。

「……▽◆○○■」

キシュウ先生は、頷《うなず》きながらそう言った。

俺は、二度と同じ過《あやま》ちを繰り返さないためにも、彼から医術を学ぼうと決意した。

キシュウ1

俺はレスタの町で、医師として治療院《ちりょういん》を営んでいる。名をキシュウという。

先生、先生などと言われているが、自分はロクな生き物ではないと思っている。

なぜならば、俺は人の命を金で助ける。金のない奴《やつ》は助けない。実にシンプルで分かりやすい判断基準だ。金でしか動かない俺は、プロフェッショナルとしては正しいだろうが、人間としてはどうなのかと思う。

だが、それがプロフェッショナルとして、正しいことなのだと考えるようにしている。俺は生活するには十分な金を稼《かせ》いでいたし、金にガメツイというわけでもない。そんな俺が、なぜ頑《かたく》なに金でしか命を助けないのか。それは、医療《いりょう》は公平であるべきだと思うからだ。

確かに、ボランティアで命を助けることは、一見素晴《すば》らしいことのように見える。しかし、医療は有限の資源だ。全員に等しく行き渡らせることは、不可能だ。高度な医療技術になればなるほど、無理だということはわかるだろう。

仮に俺が、難病の子供をタダで治療したとしよう。一方で、同じ難病を患《わずら》っていた別の子供が、俺の知らないどこかで死んでいくのだ。そして、そこに公平性はない。俺が気まぐれで救ってしまったばかりに、不公平が生まれてしまう。

だから俺は、公平性の担保として、金でしか命を救わない。

スラム街の子供たちが毎日のように死んでいるのは知っている。そんなことは、この町の常識だ。俺ならば、確かに助けられる命は沢山あるだろう。だが、手が回らなくて助けられなかった命に対して、どう言い訳をするのだ？「金が無かったから助けなかった」という言い訳はできなくなる。

それ故《ゆえ》俺は、金という公平性の担保は、医師にとっての最後の砦《とりで》だと思い生きてきた。そして俺はせめてもの罪滅《つみほろ》ぼしとして、スラム街の子供たちにパンを配るゼラリオン教の教会に寄付をし、ゴライアス神父に懺悔《ざんげ》をして罪悪感を紛《まぎ》らわしていた。


……


最近、そんな俺の医師としてのポリシーを揺《ゆ》るがす出来事があった。

蒼の団の奴らだ。

ケイゴオクダを救うために、マルゴたちが結成した団だということは、見聞きして知っている。蒼の団は、復権したバイエルンが自警団組織として維持《いじ》させることにしたということも。そして蒼の団の奴らは、俺が医師として絶対にやってはいけないと思っていることをやり始めた。

――スラム街の子供たちを全員救う。

そんなことを言い出したのだ。俺は、居ても立ってもいられなくなった。

蒼の団にはケイゴオクダがいる。以前、彼の作製したパルナ解毒ポーションを見たが、彼は、優《ゆう》秀《しゅう》な薬の調合師だと思う。

だが、彼らのやろうとしていることは、余りに無謀《むぼう》な挑戦《ちょうせん》だと言わざるを得ない。医療には、症《しょう》状《じょう》の診断《しんだん》とそれに合った最善の薬を処方するといった技術が必要だ。見たところケイゴオクダは薬の調合技術はあるが、医療技術については素人《しろうと》と言わざるを得ない。

商人のサラサは、俺に協力を要請《ようせい》してきた。当然、俺は公平性の担保である金を要求した。あれだけの人数を診察し治療するとなると、ちょっとやそっとの金額では済まない。そして、サラサは俺の提示した額面を見て、諦《あきら》めたようだった。

……

俺はそれでも、蒼の団の連中のことが気になった。物陰《ものかげ》から様子を見たり、団員をつかまえ、状《じょう》況《きょう》をさりげなく聞いてみたりもした。

テントには次々と今にも死にそうな子供たちが運びこまれ、皆懸命《けんめい》に治療に当たっていた。

俺は、ふと疑問に思った。「俺は物陰から様子をこそこそ覗《のぞ》いて、一体何をしているのだ？」と。

そこで、気が付いたのだ。俺も本当は、毎日死んでいく子供たちを助けたい、しかし、目に見えない何者かに「不公平だ」と言って非難されるのが怖《こわ》い。だから金でしか治療しない公平な医師を装《よそお》い、スラム街の子供たちが死んでいくという惨状を見て見ぬふりを続けていたのだ。理不尽《りふじん》な誹謗《ひぼう》中傷を受けるかもしれないという漠然《ばくぜん》とした不安に負け、自分が医師になって本当に挑戦したかったことを、いつの間にか諦めてしまっていた。

俺は、本当にこのままで良いのかと本気で悩《なや》んだ。


……


俺は治療の合間を縫《ぬ》って、今日も団の様子を見に来ていた。すると、団の敷地内が俄《にわ》かに騒《さわ》がしくなった。団員をつかまえ、何があったのかを聞くと、容態が急変した子供が出たらしい。

俺の手には、常に携帯《けいたい》している医療用具が詰まった革のカバン。頭で考えるより先に体が動いていた。

気が付けば俺は、容態が急変したという子供がいるテントへと向かって駆けだしていた。

k - 189

子供たちを蒼の団キャンプ地に運び込み、治療を開始してから数日が経過した。

元気になった子供たちが雪だるまを作ったり、雪投げをして遊んでいる。サラサやエルザも一緒になって雪まみれになっている。

俺が幌馬車からそんな光景を眺《なが》めていると、遊んでいる子供たちに向かってターニャとアッシュが駆けて行った。

空は吸い込まれそうなほどの蒼穹《そうきゆう》。子供たちを、太陽の光が優《やさ》しく包みこんでいる。生命はこんなにも逞《たくま》しい。

それから俺も子供たちに交じり雪遊びに参加することにした。

まるでツクシが生えてくるかのような、心がポカポカとする春の陽気に包まれているような気分だった。本当にこの子たちを助けることを決断して良かったと思った。

俺は、子供たちと雪まみれになって遊びながら、そんなことを考えていた。


……

俺は雪遊びを切り上げ、キシュウ先生のところへ向かった。俺はキシュウ先生から指示を受け、新たなポーション作りに没頭していった。

一八：〇〇

日が落ちたので、今日の作業を終えることにした。

子供たちの病状や健康状態は日に日に安定してきており、夜を徹しての看病は不要となっていた。

俺たちは、通常の生活を取り戻しつつあった。

サラサやエルザの提案で、皆を労《ねぎら》う意味も込めて、酒場で宴会《えんかい》を催《もよお》すことになった。

宴会には蒼の団の出資者であるバイエルン様を始め、冒険者ギルドマスターのシュラクさん、カイ先生、ハン先生を招いた。

蒼の団の連中は、酒好きで陽気な、気のいい冒険者連中が殆《ほとん》どだ。皆、大喜びで酒にありついた。

俺はここぞとばかりにバーカウンターに立ち、先日開発に成功した炭酸生成技術で作ったスパークリングワインや蒸留酒のハイボールを、ウニの塩漬《しおづ》けと一緒に出した。それらを出した瞬間《しゅんかん》、場が水を打ったように静かになり、その後嵐《あらし》のようにおかわりラッシュが続いた。喜んでもらえたようで何よりだ。

カイ先生、シュラクさんも歌を歌って芸を披露《ひろう》してくれた。蒼の団の連中も飲めや歌えの大騒ぎ。楽しい時間となった。

そんな中、キシュウ先生は一人静かにバーカウンターの端《すみ》っこで、チビチビと蒸留酒をロックでやっていた。この人は今、一体何を考えているのだろうか？

俺は、モンスターの魔核《まかく》をエネルギー源として淡《あわ》い光を放つランタンを見つめながら、蒸留酒をあおる。そして、額に深いシワが刻まれた初老の男の横顔を、それとなく観察する。

日々、人の命と向き合ってきた自分の師匠《ししょう》のことを、俺はどうしても知りたいと思った。

k - 190

深く刻まれたシワが、この一人の医師の苦悩《くのう》を物語っているように俺には思えた。

キシュウ先生が蒼の団のキャンプ地に来てからというもの、劇的に子供たちの病状や健康状態は安定した。

病気の種類を特定もせずにポーションを飲ませるだけの俺とは違い、キシュウ先生は病状を診察し、それに対応したポーションの種類や量を調節する。食事も消化の良いものを作るように指示してくれた。俺たちは彼の細かい指示を受け、それに従ったのが今の結果につながっている。彼には本当に感謝しているし、尊敬もしている。

俺は危《あや》うく、サブリナという一人の少女の命を散らせてしまうところだった。この場所で治療行《こう》為《い》を続ける以上、キシュウ先生から少しでも多くの医療技術を学ばなければならないと思った。

ピークを越《こ》えたとはいえ、スラム街の子供への心配事が尽きることはない。

そしてポーションを作れるのは、今のところキシュウ先生を除いて俺だけだ。キシュウ先生にいつまでも頼《たよ》れるとは限らない。だから、俺は努力し続けなければならない。

俺はキシュウ先生に、今日作った新しい薬の出来について質問してみた。しかし酒を飲んでいたキシュウ先生は、「今日は酒でも飲んで休み、明日にしてくれ」とジェスチャーした。俺はキシュウ先生の言葉に甘えることにした。

俺はキシュウ先生の隣《となり》に腰《こし》かけ、炭酸水で蒸留酒を割ってみることを勧《すす》めてみた。試《ため》しに彼は、それを口にする。そして、彼は猛禽類《もうきんるい》を思わせる表情で俺を一瞥《いちべつ》すると、一言だけ「美味《うま》い」と言った。本当に寡黙《かもく》な男だなと思った。

そして彼は、再びランタンの明かりを見つめ続ける。

沢山の子供の命を救ったこの男は、一体何を考えているのだろうか。俺も試しに、ランタンの光を眺めながら、同じ酒を飲んでみる。

しばらくそうしていると、スラム街の子供を受け入れ治療に当たっていた場面が次々と浮かんでは消えていった。頭の中で考えが次々と整理されていくのを感じた。

そうか。キシュウ先生は命と向き合うという心の負荷《ふか》が重い事柄《ことがら》に対し、こうやって心の整理をしていたのだと、遅《おく》ればせながら気が付いた。

ホーリーナイト

俺は、子供たちを笑顔にすることのできる大人でいたい。

腕時計《うでどけい》の表示では、赤服の爺《じい》さんが大きな袋《ふくろ》をもって子供にプレゼントを配り歩く日をとっくに過ぎてしまっていた。それでも、沢山の子供たちの命が救われたことに対するお祝いは、何かするべきだと思った。

この世界の住人にとってイエス・キリストは誰も認知していない存在ではあるけれども、冬の今このときをおいて、クリスマスが格好《かっこう》の口実になる季節はないと思う。だから俺は、皆に「クリスマスパーティーをするから、準備をしよう」と言った。

その度に「クリスマスパーティーって何？」と聞かれたが、「俺の国流のパーティーだ」と答えておいた。

エルザの宿屋の前には、雪ダルマがいくつもならんでいる。雪ダルマの頭には赤い手編みの帽子《ぼうし》がのせられていた。これは、編み物が得意なユリナさんが子供たちに教えて、子供たちが作ったものだ。

雪ダルマを作っているとき、アッシュとターニャは他の子供たちと交ざり、大喜びで飛び跳ねていた。

……


そうこうしているうちに、クリスマスパーティー当日がやってきた。

今日という日には、ローストチキンが欠かせない。

醤油《しょうゆ》がなくとも、貝で作ったオイスターソースもどきを、俺は既に開発している。ユリナさんと、ハインリッヒからの逃亡《とうぼう》という名の新婚《しんこん》旅行をしていた時のことだったと記憶《きおく》している。

ソースの材料は、ベイリーズで仕入れることのできる牡蠣《かき》に似た貝、塩、ニンニク、タマネギっぽい野菜、ベイリーズ産の砂糖。これを混ぜて煮詰《につ》める。そして、煮詰まったソースを攪拌《かくはん》して完成。

これをローストチキンのタレとして使用する。ハケでオイスターソースを鶏肉にタップリと塗《ぬ》り、薪オーブンでコンガリと焼き上げればローストチキンの完成だ。


会場の飾《かざ》りつけも、俺なりに頑張った。金属を薄《うす》く加工してお星さまをいくつも作って壁《かべ》に飾り、クリスマスツリーも手ごろな木を探してきて、星やふわふわの綿《わた》で装飾《そうしょく》した。

星を作った当初、アッシュや子供たちが新しいオモチャを見つけた反応をして、それはもう大変な騒ぎになった。

また、誰がてっぺんにお星さまをつけるのか、子供たちの間でひと騒動《そうどう》になった。結局、俺が抱っこをしたターニャがつけるということで、決着がついた。

さあ、クリスマスパーティーのはじまりだ。

エルザの酒場は広いので、会場として使わせてもらった。

子供も大人もみんな、初めてのローストチキンに衝撃《しょうげき》を受けたようだ。スパークリングワインや炭酸で割ったジュースがみるみる減っていく。

でも、今日は特別な日。とことん騒ぎ倒そう。

さらに、俺は頑張ってサンタクロースの格好をしてみた。コスチュームはサラサお抱えの縫製《ほうせい》職人に急ごしらえで作ってもらった。アッシュ用のサンタ服と帽子もあるのだが、嫌《いや》がるので諦めた。

サンタクロースに扮《ふん》した俺は、子供たちにクリスマスプレゼントを配って回った。プレゼント袋の中身はベイリーズ産の砂糖。その他小麦、卵、バターで作ったクッキーだ。子供たちは、大喜びでクッキーをバリバリと頬張《ほおば》っていた。

俺も酔《よ》いが回ってきて、クリスマスと言えば定番の女性歌手のクリスマスソングを歌った。ファルセットボイスまで使って、情熱的に歌い上げた。

歌い終わると、みんな指笛や盛大《せいだい》な拍手《はくしゅ》をくれた。どうやらウケたようだ。

続けて俺は、またまたクリスマス定番のちょっとシンミリしたあの曲を歌った。雪がしんしんと降り続けるようなイメージのあの曲。

俺が一回歌った後、続けてみんなで合唱しようとジェスチャー。その曲をみんなで歌った。きっ

と、歌詞の意味はわかっていないと思う。

アッシュがローストチキンや燻製《くんせい》を食べ過ぎて眠くなったのか、丸くなって寝息《ねいき》を立てている。俺は、眠っているアッシュの頭にサンタクロースの赤い帽子をそっと置いてみた。可愛い。

その後も、ドンチャン騒ぎは夜中まで続いた。

子供たちは終始笑顔だった。俺は、「してやったり」と思った。

第三章　陰謀

shousyaman no isekai survival

k-191

クリスマスパーティーの夜が明け、俺《おれ》とユリナさん、ターニャ、アッシュは一時自宅小屋へと帰宅した。朝食を食べ小屋の中で一息ついていると、ドアがノックされた。

「失礼する。お主がケイゴオクダだな？」

俺がドアを開けると、そこには背の低い不思議なおじいさんと、ストレートの黒髪《くろかみ》が艶《つや》やかな美少女がいた。

「はい。確かに私はケイゴオクダですが、どのようなご用件でしょう」

「お主に渡《わた》したいものがある。少しお邪魔《じゃま》しても良いかの？」

「はあ……、わかりました。では、せっかくですのでお上がりください」

俺は、そう言うと、不思議な二人を小屋の中に招き入れた。

二人に椅子《いす》に座《すわ》るよう勧《すす》める。俺は、不思議な二人を観察する。

おじいさんは背が低く、蒼《あお》いガラス細工のような目と髪《かみ》の毛、髭《ひげ》を生やしていた。そして手には、月と同じ蒼色のクリスタル製と思われる杖《つえ》をもっていた。俺にはこの不思議なおじいさんが、人間ではない別の生き物に見えた。だが、不思議と不安な気持ちにはならなかった。

ストレートの黒髪が美しい、まだ一〇代であろう寡黙《かもく》で無表情な美少女は、このおじいさんの孫か何かだろうか。しかし、それにしては似ていない。俺は、不思議な組み合わせだなと思った。

そうこうしていると、ユリナさんがマーブル草のハーブティーを淹《い》れ、出してくれた。

俺は、ハーブティーを飲んで落ち着いてから、話を切り出すことにした。

「それで、どのようなご用件でしょうか。まずは、お名前を伺《うかが》っても？」

「我の名は、グラシエス。こちらはアンリエッタという」

「……よろしく」

無表情のままハーブティーを飲むアンリエッタさん。あまり感情表現が得意ではないようだ。ユリナさんを見ると、怪訝《けげん》な表情で少し首をかしげていた。

「用というのは、これじゃ」

グラシエスさんはテーブルの上にクリスタル細工のようなナニカを置いた。

「これをお主にやろう。いずれ、必要となるときが来るだろう」

そう言うと、グラシエスさんはマーブル草のハーブティーを飲み干した。

「はあ」

訳が分からない俺は、そう言うしかない。とりあえず鑑定《かんてい》してみよう。

【牙《きば》：鑑定不能】

この不思議なクリスタルのような物体が、何かの牙だということはわかった。

「これは何かの牙のようですが、一体何なのですか？」

俺は当然の疑問を口にするが、グラシエスさんは。

「それは時が来れば、自《おの》ずと解《わか》る。あとは……」

グラシエスさんは椅子から立ち上がり、ジャレて遊んでいたターニャとアッシュの元へ行くと、頭に手をかざした。手をかざされたターニャとアッシュは首をかしげている。そして、すぐに手を引っ込《こ》めたグラシエスさんは。

「これで、よかろう。ケイゴオクダよ、ターニャとアッシュのことを頼《たの》んだぞ」

そう言った。

「はあ」

俺は生返事を返す。

「ではさらばじゃ。また会うこともあろう」

そう言うと、グラシエスさんとアンリエッタ嬢《じょう》は去っていった。

「一体、何だったんだ？」

俺とユリナさんは首をかしげる。それから俺は、グラシエスさんの置いていった蒼色の透明《とうめい》な牙を見つめる。そして、俺は今更《いまさら》ながら、グラシエスさんと会話が普通《ふつう》に成立していたことに気が付いた。


俺は、その牙から運命めいた何かを感じとっていた。

コボルトキング

オレは、森のダンジョンの主、コボルトキング。

オレの配下には、コボルトファイターが進化したハイコボルト・エヴィリオンたちがいる。

知性の進化したハイコボルト・エヴィリオンは、ダンジョンから生まれ落ちるコカトリスやサーペントを乗りこなし、ゴブリンやホブゴブリン、コボルトファイターを従える。そして、弓を扱《あつか》うのがとても上手《うま》い。

ニンゲンがオレのダンジョンに訪《おとず》れることが度々《たびたび》あるが、オレの棲《す》み処《か》に辿《たど》り着いた者は未《いま》だかっていない。

だが最近、不思議なニンゲンがオレの元へやってきた。いや、そいつはニンゲンではないナニカだった。異形《いぎょう》の漆黒《しっこく》の羽に、透《す》き通るような肌《はだ》。ダンジョン内で、配下が討《う》ち取ったニンゲンとはまるで存在感が違《ちが》った。

「下等なコボルトキングよ、我は邪神《じゃしん》ゼラリオン様の使徒ヴァーリ。我《わ》が下僕《げぼく》となるがいい。闇《やみ》属性上位精霊《せいれい》テネブよ、顕現《けんげん》せよ。支配、ドミネーション」

ヴァーリと名乗るその男は、オレの頭に手をかざし、暗黒のオーラを俺に放った。そして暗黒のオーラに包まれた俺は、途方《とほう》もない万能《ばんのう》感、自己陶酔《とうすい》感を覚えた。自分の欲望がムクムクと盛り上がるのを抑《おさ》えられなかった。

「下賤《げせん》なコボルトキングよ。貴様は何を望む？」

世界一心地《ここち》好い、ヴァーリ様の美声が俺の脳に響《ひび》く。

「ヴァーリ様……。オレはニンゲンを全《すべ》て蹂躙《じゅうりん》し、モンスターの楽園を築きたい」

「そうか。では、下等な貴様に力を与《あた》えるとしよう。サモン・レッサードラゴン」

ブオン
オレのいる広大なダンジョン最下層。そこの地面に巨大《きょだい》で複雑な模様をした魔方陣《まほうじん》が発光する。そこからレッサードラゴンが浮《う》かび上がってきた。

「奴《やつ》らの腕試《うでだめ》しには、これで丁度良いだろう。勇者をあぶり出すことができるかもしれぬ……。下等なコボルトキングよ、下賤な貴様に命ずる。この地より北にあるレスタの町を、貴様の配下を引き連れ、滅《ほろ》ぼしてみせよ」

「グオオオオオオ‼」

圧倒《あっとう》的な万能感に包まれたオレは咆哮《ほうこう》した。今なら、どんなことでも成し遂《と》げられると思った。

オレは、ニンゲンどもを滅ぼすため、配下を召集《しょうしゅう》することにした。

ハインリッヒ11

ケイゴの家を出た私は、手押《てお》し車にケイゴがくれた旅の荷物を載《の》せ、一路タイラントを目指した。途中《とちゅう》、集落に立ち寄っては食料を調達し、何とかタイラントにたどり着いた。

この頃の私は、貴族として復権することなど、どうでも良くなっていた。それも、あの不思議な男のおかげだろうと思う。権力という『しがらみ』の中で生きることなど無意味だと悟《さと》ったのだ。そうだな。このまま気まぐれに旅をするのも悪くないかな。ただし、そのためには、冒険者《ぼうけんしゃ》として実力をつけるということが大前提となる。

また、身分を剥奪《はくだつ》されたとはいえ、貴族時代に培《つちか》ったスキルやネットワークは健在だ。利用できるものは、何でも利用してやろう。

私がタイラントに来てすぐにしたことは、部位欠損ポーションを交渉《こうしょう》材料に、顔見知りの貴族から金を引き出すことだった。貴族の自尊心をくすぐりつつ、交渉材料の話をする。それは凄《すさ》まじい食いつきぶりだった。

「手に入るアテはあるのですが。金貨一〇〇〇枚。いや、二〇〇〇枚は下らないでしょう」

「そうか！　そうよな。ほれメイド！　すぐに金貨をもって来るのだ！」

このような按配《あんばい》だった。貴族とは、自分が欲しいものに対して金の糸目をつけない生き物なのだ。

大金を手に入れた私は、まず、良質な武器防具を揃《そろ》えた。また、元来才能はあると言われていたが、習得をサボっていた魔法の鍛錬《たんれん》をすることにした。魔法書を購入《こうにゅう》の上、魔法を習得後、繰《く》り返し鍛錬を行った。

冒険者登録を済ませた私は、幌馬車《ほろばしゃ》、食料、薪《まき》、布団《ふとん》、ポーションなどを購入し、旅の準備を調《ととの》えた。

貴族には、知り合いの伝手《つて》で部位欠損ポーションが手に入ると伝えた。特に納期は設定されていない。しばらく武者修行《しゅぎょう》でもしつつ、実力をつけたあと、堂々とケイゴの元を訪れようと思った。

そうでないと、あの男に対して合わせる顔がない。むしろ、成長した姿を見せつけてやらないと、私の気が済まない。

武者修行はタイラントからレスタ南の森のダンジョンへ向かう道中で行った。

ケイゴを真似《まね》て、剣《けん》や魔法の鍛錬を繰り返し、モンスターを討伐《とうばつ》する日々。

そんなある日のことだった。森のダンジョン周辺で異様な光景を見た。モンスターが大量に集結していたのだ。中心には筋骨隆々《きんこつりゆうりゆう》とした巨大な人型モンスター。あれは、コボルトなのか？

そのモンスターの傍《かたわ》らには、レッサードラゴンが控《ひか》えている。

モンスターは総勢、五〇〇〇体は下らない。俺の額に冷や汗《あせ》が流れた。

――こいつらが、もしもレスタの町を襲《おそ》ったら。

全身が総毛立った。そして、俺は今見た危機を伝えるため、レスタの町へと踵《きびす》を返した。

k-192

蒼の団でスラム街の子供たちの保護を始めてから、概《おおむ》ね一か月が経過した。

当初の臨戦態勢も徐々《じよじよ》に緩和《かんわ》していき、俺は家と蒼の団キャンプ地を行き来するという生活を送っていた。そんなある日のことだった。

俺は、自宅小屋からレスタに向かい、いつものように南門の門衛に手を上げ挨拶《あいさつ》し町に入りかけた。そのとき、俺の後方から土煙《つちけむり》を上げて馬が駆《か》けてきた。

「あっ！」

その人物を見て、俺は驚《おどろ》きの声を上げる。その人物は、レスタの町を追われタイラントに向かったはずのハインリッヒだった。

「▽×○■！　■▽××!!」

ハインリッヒは俺がランカスタ語を理解できないことを忘れているくらい、何かに焦《あせ》っている様子だった。俺が「落ち着け」とジェスチャーすると、彼《かれ》は馬から飛び降り、俺が差し出した紙束に文字を書いた。それを読んだ俺は、血の気が引いた。

「森のダンジョンのモンスターが集結し、この町に向かっている。その数五〇〇は下らない」

ハインリッヒの書いた紙にはそう書かれていた。

俺の頭に、蒼の団にいる子供たちのことが浮かんだ。まだ治療《ちりょう》中の子供もいる。町を出て、避難《ひなん》しなければいけなくなるかもしれない。俺は、パニックになりそうな頭を落ち着ける。

まずは、子供たちを安全なところに避難させること。そして、戦力を集めてモンスターを迎《むか》え撃《う》つこと。

俺は門衛たちにバイエルン様、ギルドマスターのシュラクに伝言を頼んだ。この非常事態を伝え、戦えない者に避難準備をさせること。そして戦える者を蒼の団キャンプ地に連れて来ることなどをお願いした。それから俺とハインリッヒは、蒼の団キャンプ地へと向かった。


……

牧歌的なレスタの町は、ハインリッヒがもたらした情報により、俄《にわ》かに騒然《そうぜん》となった。

各々《おのおの》、タイラントの町への避難準備を始めていた。蒼の団で保護した子供たちも、万が一のことを考え、タイラントに避難させることにした。

ユリナさん、サラサ、エルザもターニャやアッシュと一緒《いっしょ》にタイラントに避難させたかったのだが、彼女《かのじょ》たちは最後までレスタに残って、戦う俺たちのバックアップをすると言って聞かなかった。

蒼の団には敵を食い止めるべく、バイエルン様を始め、冒険者ギルドマスターのシュラク、カイ先生、ハン先生、マルゴやジュノを始めとした蒼の団の団員、冒険者連中が集まっていた。

俺はバイエルン様に、改めてハインリッヒから聞いた詳細《しょうさい》情報を伝えた。モンスターの中にはコカトリスやサーペントに騎乗《きじょう》するコボルトの上位モンスターらしきものが確認《かくにん》されたこと。そして、レッサードラゴンを従える、一際《ひときわ》大きなコボルトが存在していたこと。

この点から俺は、ある程度の実力が無くては無駄死《むだじ》にしてしまうだろうと予想を立てた。また、俺には鑑定スキルがありその人物のレベルや能力を判断することができることを伝え、戦場に出る者を選別すべきことを訴《うった》えた。

バイエルン様は一瞬《いっしゅん》考え、そして、俺に戦力を取捨選択するよう指示した。

それから、俺は集まった兵士や団員、冒険者を片っ端《かたっぱし》から鑑定して回り、ステータスやスキルを紙に記載《きさい》。その紙をバイエルン様に提出し、Ｌｖ一〇以下の者は除外するよう進言した。

【個体名：奥田圭吾《おくだけいご》は、鑑定Ｌｖ３を取得しました】

鑑定スキルを使って人選を行った結果、Lｖ一〇以上の戦力は一〇〇名程度に絞《しぼ》られた。

その中で、一際レベルの高かった白髪双剣《はくはつそうけん》の剣士が、ハインリッヒの傍らで瞳《ひとみ》に静かな闘志《とうし》をたぎらせていた。

ジル1

私はジル。

ハインリッヒ様を幼少の頃からお世話させていただいた、一介《いっかい》の執事《しつじ》にすぎない。

ハインリッヒ様の成人後は、執事長という肩書《かたがき》で側近を任されるまでになった。

父親のバイエルン様は、卑賤《ひせん》な私の目から見ても、暗愚《あんぐ》な領主だった。

私は一日も早く、ハインリッヒ様がこの町の政治を正せば良いと思った。


……


何をどこで間違えたのだろうか。私にもわからない。

ただ、卑賤な私ごときが、忠誠を誓《ちか》うハインリッヒ様のされることに異議を唱えることはできないと盲目《もうもく》的に考えていた。今にして思えば、それがそもそもの間違いだったのかもしれない。

ハインリッヒ様が町から追放され、私は地下牢《ちかろう》に投獄《とうごく》された。

生きる目的を失った私は、獄中《ごくちゅう》で自害することを決意した。しかし、その時だった。

「ジル、生きろ」

バイエルン様が、獄中で断食をしていた私に声をかけてくれたのだ。

バイエルン様は、そう一言だけ私に声をかけられた。

私は涙《なみだ》が溢《あふ》れて止まらなかった。バイエルン様の温情で出された温かいスープとパンが身に沁《し》みた。

私はハインリッヒ様とともに、ゴライアス神父の元で修行を積んだ結果下賜《かし》された、神ゼラリオンを象《かたど》ったペンダントを首から下げていた。

そしてそれは、私にはもう無用のものに思われた。

そして、ペンダントをそっと外した私は、バイエルン様の一介の執事として、第二の人生を歩むことにした。そんなある日のことだった。

私は、バイエルン様をお守りする立場として傍《そば》に控えていた。私は伝令から情報を受け取った。そして私は、伝令から聞いた情報を正確にバイエルン様に伝えた。

「バイエルン様。南門の門衛より伝言をお預かりしました。南門方面にモンスターの大群が押《お》し寄せてきているようです。既《すで》にケイゴオクダが蒼の団のキャンプ地に冒険者や団員を集めているとのことで、バイエルン様におかれましては、蒼の団のキャンプ地まで兵と一緒にお越《こ》し頂きたいとのことです」

私は、早すぎず遅《おそ》すぎず正確に伝わるよう心がけ、バイエルン様に報告をした。

「わかった。ジルよ、我々もモンスターを迎え撃つため、蒼の団のキャンプ地へと向かうぞ」

「はっ！　ドニー。兵を急ぎ集め門前に集合させよ」

私は兵士長のドニーに指示し、邸宅《ていたく》に駐在《ちゅうざい》している兵をかき集めると、バイエルン様と共に蒼の団キャンプ地へと向かった。


……


蒼の団キャンプ地へと到着《とうちゃく》した我々は、指揮所として使われていたエルザの酒場に入った。

——そしてその光景を見た瞬間、胸に熱い何かが込み上げてきた。

そこには、ケイゴオクダと共に地図を広げ、蒼の団の者や冒険者と作戦会議をしているハインリッヒ様の姿があった。

私は、腰《こし》から下げる二本の愛刀の柄《つか》をきつく握《にぎ》りしめる。そして、私はハインリッヒ様の元へと向かった。

k-193

ハインリッヒの情報があるとはいえ、敵戦力は未知数。最悪の状況《じょうきょう》を想定しておくに越したことはない。

俺は、蒼の団キャンプ地に残ったバイエルン様、そして物流などの実務全般《ぜんぱん》を指揮するサラサに、俺たちにもしものことがあった場合を想定して動いてほしいと懇願《こんがん》した。

そして万が一のことがあった場合には、俺の最愛の妻であるユリナさん、ターニャ、アッシュを連れて、北へと逃《のが》れてほしい。もちろん、蒼の団で保護した子供たちも連れて。そうお願いした。

迎撃《げいげき》戦力概ね一〇〇名が、敵が来ると想定されている南門へと向かうことになった。それを見送るユリナさんと俺は、別れを惜《お》しんだ。それから不安そうな顔をしているターニャとアッシュの頭を撫《な》で、「ユリナさんを頼んだぞ」と言った。ターニャは不安そうに、アッシュは嬉《うれ》しそうに俺を見上げている。その顔を見て、俺は「この戦いは絶対に負けられない」と思った。

そして俺たちは、南門へと向かった。

敵を迎え撃つべく門の外へと出た俺たちは、鑑定スキルで個々のレベルやスキルを把握《はあく》していたので、前衛、中衛、後衛と役割分担を考え、戦力をバランス良く配置した。

――そして、地平線の向こうに雪煙《ゆきけむり》を上げ、こちらへ向かって進軍してくる敵影《てきえい》が見えてきた。
カンカンカンカン
高く鳴り響く、鐘楼《しょうろう》の鐘《かね》の音《おと》。警戒《けいかい》の合図だ。
こうして、モンスターの大群との戦いの火蓋《ひぶた》は切られた。

k - 194

俺たちは既に、冒険者、蒼の団の団員、町の兵士に号令をかけ、戦列を組み終えていた。

俺は自陣《じじん》中央の先頭に立ち、ヘルファイアソードを抜《ぬ》く。傍らにはマルゴやジュノ。心強い味方がいる。

敵との戦力差は明らかで、ハインリッヒの事前情報通り敵の数は総勢五〇〇以上いる。しかしここで食い止めなければ、町のみんなが、蒼の団で保護した子供たちが殺されてしまうかもしれない。

その中には最愛の妻や、我が子のように可愛《かわい》がっているターニャやアッシュも含《ふく》まれている。

戦列を組む、全員の表情に決死の想《おも》いが浮かぶ。彼らにも、家族や愛すべき仲間が町の中にいるのだと思う。

敵が俺たちとの距離《きょり》二〇〇メートルほどの所で進軍を止めた。

どうやら、コカトリスやサーペントに騎乗しているコボルトの上位個体がモンスターの統率《とうそつ》を担《にな》っているようだ。

俺の額に嫌《いや》な汗が流れた。

人間の身体能力を凌駕《りょうが》するモンスター。普段《ふだん》は単独行動の多い奴らが、統率のとれた行動をしている。これが、どれだけの脅威《きょうい》なのか想像もつかない。

グルアアアア！

敵の最後方から、咆哮《ほうこう》が轟《とどろ》いた。

「……っ！　あれは、レッサードラゴン！」

しかも、レッサードラゴンには筋骨隆々とした、明らかに強力な個体が騎乗していた。

そして、その咆哮が合図だったのだろう。俺たちを見て、一時進軍を止めた敵は、再び進撃を開始した。

「絶対に抜かれるな！　門を死守しろ！」

俺は怒声《どせい》を張り上げた。

k－195

白い雪原に赤い花が咲《さ》く。
戦場に、怒号と剣戟《けんげき》の音が鳴り響く。

【コボルトキング：コボルトの王。コボルト種の最終進化形態。保有スキル、威圧《いあつ》、統率、騎乗。体力532、魔力265、気力463、力534、知能248、器用さ421、素早《すばや》さ386】

レッサードラゴンに騎乗した個体の鑑定に成功した。ステータスが異様に高い。俺は嫌な汗をかきながら、敵のスキルをさらに鑑定する。

【威圧：恐怖《きょうふ》耐性《たいせい》のない者を硬直《こうちょく》させる】
【統率：モンスターの集団を指揮、統率する】
【騎乗：モンスターに騎乗することができる】

威圧というスキルがやばい。コボルトキングが咆哮するたびに、恐怖耐性のない味方が硬直する。団体戦において、これほど厄介《やっかい》なスキルもないだろう。騎乗するレッサードラゴンの強さも加わり、脅威となっていた。

　グガアアア！

　コボルトキングが咆哮し、恐怖耐性のない者が硬直する。その隙《すき》を見逃《みのが》す敵ではない。俺たちは苦戦を強《し》いられていた。

　戦場後衛にはキシュウ先生が控えており、ポーションで負傷者の手当てをしてくれていた。シュラクさん、カイ先生、ハン先生も敵と戦っている。

　ボボボ

　俺は、ヘルファイアソードの火球を敵に見舞《みま》う。敵をけん制することが目的だ。

　……

　しかし、多勢に無勢だった。

　俺、ジュノ、マルゴの三人は連係《れんけい》をとって敵を倒《たお》していたが、ついに囲まれてしまった。

　俺の背後を、サーペントに騎乗したハイコボルト・エヴィリオンが狙《ねら》う。

　マズイと思ったそのとき、ハインリッヒの放った氷魔法の氷弾《ひょうだん》が、サーペントに直撃した。ハイコボルト・エヴィリオンの放った矢は、あらぬ方向へと飛んでいった。

ハインリッヒと白髪双剣の剣士ジルさんが俺たちの戦線に合流した。

しかし、敵に囲まれていることに変わりはない。まわりでは、次々と仲間たちが倒れていっている。

敵の苛烈《かれつ》な攻撃《こうげき》を受け続け、次第《しだい》に俺たちも疲弊《ひへい》していく。既に満身創痍《まんしんそうい》だ。

俺は肩で息をしながら、デュアルポーション（中）をあおる。

まだだ、まだやれる。

敵に囲まれた俺たちは、背中合わせで戦う。


——しかし、ついに限界が訪れた。


まず、マルゴがサーペントの毒ブレスを受け倒れた。

そして、ジュノがハイコボルト・エヴィリオンの放つ矢を足に受け倒れる。

俺とハインリッヒ、ジルさんはお互《たが》いを庇《かば》うように敵をけん制するが、もはや立っているだけのような状況だ。

まわりの兵士や団員も次々と、敵の凶刃《きょうじん》に倒れていく。

——もはや、これまでか。

「ユリナさん、ターニャ、アッシュ……。町のみんな。どうか無事で」
俺は、そうつぶやいていた。
無意識にお守り代わりに持っていたグラシエスさんからもらった牙を握り、全員の無事を願い、雪の舞う空を見上げ、祈《いの》りを捧《ささ》げていた。もう、神に祈るしかなかった。すると。

ブオン

唐突《とうとつ》に牙が音を立てて発光した。

『個体名：奥田圭吾は、グラシエスノヴァＬｖ１を取得しました』

俺は一縷《いちる》の望みをかけて、牙とスキルを鑑定する。

【グラシエスの牙：蒼玉竜《りゅう》グラシエスの牙。神秘の力を宿し、神鉄オリハルコンの素材となる】
【グラシエスノヴァ：竜神の一撃。グラシエスの牙に気力と魔力を注ぐことで発動する】
不意に生涯《しょうがい》をかけて守ると誓った最愛の妻の姿が、俺の脳裏《のうり》にフラッシュバックする。頭に浮かんだ彼女は微笑《ほほえ》みながら、歯の抜けたターニャと手をつなぎ、アッシュと一緒に雪原を駆け回って

いる。そんな光景。世界一大切な、俺と家族の日常だった。

死んでも守らなければ。神様……。

最愛の者を救うためには、土壇場《どたんば》で覚えた付け焼刃《やきば》のようなスキルに頼るしかないと思った。それはきっと、神頼《かみだの》みに等しい行為《こうい》に違いなかった。

k‐196

突然《とつぜん》聞こえた機械的な音声と、ポップアップした画面は、この絶望的な戦況において、まるで神様からの天啓《てんけい》に思えた。

俺は、グラシエスノヴァに関する一文を読み、今まさに俺たちに止《とど》めを刺《さ》そうとするハイコボルト・エヴィリオンに向け、グラシエスの牙の先端《せんたん》を向ける。竜神の一撃とやらに全てを懸《か》けよう。そして、俺はありったけの気力と魔力をグラシエスの牙に注ぎ込んだ。

「くらいやがれ！」

キーン　ドパアアアア！

グラシエスの牙は耳障《みみざわ》りな振動音《しんどうおん》を奏《かな》でた後、その先端から蒼い獰猛《どうもう》な光が放たれた。放たれた竜神の一撃は、サーペントに騎乗していたハイコボルト・エヴィリオンもろとも、射線上にいたモンスターを消滅《しょうめつ》させた。

『個体名：奥田圭吾は、Ｌｖ20になりました。体力43→46、魔力34→37、気力35→38、力45→47、知能86→88、器用さ46→49、素早さ45→49』
『個体名：奥田圭吾は、Ｌｖ21になりました。体力46→49、魔力37→40、気力38→41、力47→50、知能88→91、器用さ49→52、素早さ49→51』

一気に2レベルもアップした。しかし、気力と魔力をごっそりもっていかれた。デュアルポーションヨン（中）を飲み、飛びそうになる意識を何とかつなぎとめる。俺の放った竜神の一撃により、敵が混乱している今がチャンスだ。
「みんな。今のうちに態勢を立て直せ！」
俺はそう叫《さけ》びつつ、傷を負ったジュノとマルゴにポーションを飲ませた。

グガアアアア！

レッサードラゴンに騎乗し地上を威嚇《いかく》スキルでけん制していたコボルトキングは、地上に降り立ち咆哮した。すると、敵の混乱が次第に静まっていった。レッサードラゴンは、何かに怯《おび》えたように森の方へと飛び去っていった。

その間、俺たちは敵の混乱に乗じて、門前にいるキシュウ先生の元へと退避《たいひ》した。仲間たちと一緒に、門前で戦列を組みなおすことに成功した。

落ち着きを取り戻《もど》したモンスターは、再び俺たちに獰猛な目を向けた。

そして、敵の先頭には巨大な戦斧《せんぷ》を軽々と持つコボルトキングの姿があった。

「俺がコボルトキングを倒す。他《ほか》の敵は任せた」

俺はグラシエスの牙の先端をコボルトキングに向け、日本語で皆《みな》にそう宣言した。皆が俺を、期待に満ちた表情で見ている。……これではまるで、絵に描《か》いたような英雄《えいゆう》ではないか。

俺は、一番やりたくなかったポジションに内心愚痴《ぐち》をこぼす。しかし、最愛の人を守るという理由があるからこそ、それを受け入れることにした。ゴブリンに恐怖して、小屋に逃《に》げ込んでいた頃の自分が、まるで嘘《うそ》のようだと思った。

k-197

筋骨隆々とした巨躯《きょく》。その威風堂々《いふうどうどう》としたコボルトキングの姿は、王者の風格を纏《まと》っていた。

グガアアアア！

コボルトキングが吠《ほ》え、統率のスキルを発動すると、一斉《いっせい》にモンスターが進攻を始めた。これに対し、戦列を組んだ仲間たちが必死の応戦をする。

俺は、盾《たて》とグラシエスの牙を手にもち、ゆっくりとした歩調でコボルトキングに近づく。

俺とコボルトキングの視線がぶつかる。俺は心を静かにして、コボルトキングの目の動きを観察した。

俺は、現状を冷静に分析《ぶんせき》する。

コボルトキングを倒せるとしたら、竜神の一撃しかない。しかし、おそらく残弾数は一。むしろ、残りの気力と魔力でスキルが発動するかどうかも疑わしい。

そして、条件は圧倒的に向こうが有利だ。その巨躯から繰り出されるであろう、戦斧の一撃を俺に当てるだけで良い。俺は紙切れのように、千切れ飛んで終わりだ。

そのような状況を認識し、俺は武者震《むしゃぶる》いをした。今俺は、一撃で決まってしまうような戦いに身を置いている。

今自分に湧《わ》き起こっている感情は、恐怖心《きょうふしん》ではない。命のやりとりをしている今この瞬間、最もリアルな生を実感している。

「俺は必ず生き残る。そして、ユリナさんや、ターニャ、アッシュの元に必ず帰る」

決意の言葉をつぶやいた俺は、虎《とら》の子である牙を盾の陰《かげ》に隠《かく》した。竜神の一撃の発動タイミングを、コボルトキングに悟られてはいけない。

コボルトキングとの睨《にら》み合いが続く。戦闘《せんとう》中にもかかわらず、妙《みょう》に周りが静かだ。降りしきる雪の細かい粒子《りゅうし》まで見える気がする。死闘《しとう》を目前にし、集中力が研ぎ澄《す》まされ、五感が冴《さ》え渡っている。

最初に動いたのはコボルトキングだった。

コボルトキングは一気に俺の方に踏《ふ》み込むと、持ち上げた戦斧を俺に振《ふ》り下ろした。

ドゴオオオ！

俺は間一髪《かんいっぱつ》、横っ飛びでその一撃を避《よ》けた。凄まじい威力だった。盾で受け止めることなど不可能。俺は盾を投げ捨て、スピードをとることにした。

もうもうと立ち込める雪煙の中から、戦斧を両腕《りょううで》で下段に構えたコボルトキングが飛び出す。俺は、コボルトキングに向かってダッシュした。

ブオン！

コボルトキングの戦斧が横なぎに振るわれると同時に、俺はスライディング。斬撃《ざんげき》の下をかいくぐる。

戦斧から発生した衝撃波《しょうげきは》だけで、ダメージを受けた。デュアルポーション（中）をあおり、肩で息をする。吐《は》く息が白い。

コボルトキングはゆっくりと、俺の方に向き直る。勝利を確信したのだろう。コボルトキングは獰猛な笑みを浮かべている。

「ったく。シンドイねえ」

ボロ雑巾《ぞうきん》のようになった俺は自嘲《じちょう》的な笑みを浮かべ、独り言をつぶやく。さて、どうする。次に打つ手はあるか。俺は、脳をフル回転させる。

そのとき、千載一遇《せんざいいちぐう》のチャンスが訪れた。

不思議に思っていた。いつもなら、真っ先に駆けつけて助けてくれるブルーウルフたちが姿を見せないことに。そして彼らは、俺の想像以上に狡猾《こうかつ》なハンターだった。

最高のタイミングで、ブルーウルフたちが一斉にコボルトキングに飛び掛《か》かり、一瞬俺から気をそらせることに成功した。そして俺は。

「ライト！」

「グガアアア！」

俺は、コボルトキングの顔めがけてライトの魔法を放つ。瞬間的にパっとまばゆい閃光《せんこう》が散った。

「今だ！」

俺は一気にコボルトキングとの距離を詰《つ》め、懐《ふところ》に入り込む。牙をコボルトキングの腹部に突き立《つ》てた。そして俺は、ありったけの気力と魔力をグラシエスの牙に叩《たた》き込んだ。

「くらいやがれ！」

俺は叫んだ。

キーン　ドパアアアア！

蒼い光の奔流《ほんりゅう》が放たれる。周囲が眩《まぶ》しすぎて、何も見えなくなった。

光が収束すると、俺の目の前にコボルトキングが仁王立《におうだ》ちしていた。これでも駄目《だめ》か。

しかし次の瞬間、雪原にコボルトキングがどうと仰向《あおむ》けに倒れた。腹部には大きな穴が開き、もはやピクリとも動かなかった。文字通り一撃で勝負がついた。


『個体名：奥田圭吾は、Ｌｖ22になりました。体力49↓51、魔力40↓42、気力41↓44、力50↓52、知能91↓92、器用さ52↓55、素早さ51↓53』

『個体名：奥田圭吾は、Ｌｖ23になりました。体力51↓54、魔力42↓45、気力44↓46、力52↓55、知能92↓94、器用さ55↓57、素早さ53↓56』

『個体名：奥田圭吾は、Ｌｖ24になりました。体力54↓57、魔力45↓47、気力46↓48、力55↓58、知能94↓96、器用さ57↓59、素早さ56↓58』
「倒せた……」
そう呟《つぶや》いた俺は、次の瞬間意識を手放していた。

k・198

目を覚ますと、そこは見慣れない天井《てんじょう》だった。

視線を横にずらすと、テーブルの上に載ったランタンが、柔《やわ》らかな光を発していた。

どうやら俺は、ベッドに寝《ね》かされていたようだ。足元を見ると、ユリナさんが俺のベッドに顔を埋《うず》めスヤスヤと寝息《ねいき》を立てている。アッシュは俺の足元でスピースピーと寝息を立てており、ターニャも隣《となり》のベッドで夢の中だ。

ここは、エルザの宿屋の一室だった。

俺がコボルトキングを倒した後、戦況がどうなったのか気になった。しかし、俺がベッドで寝ていてユリナさんたちが無事という状況に鑑《かんが》みて、焦るような状況ではないということは推測できた。

どのくらい眠《ねむ》っていたのだろうか。窓の外は真っ暗だ。腕時計《うでどけい》で時間を確認すると、午前二時だった。南門での攻防《こうぼう》が昼頃だったので、ずいぶんと意識を失っていたようだ。まだ完全に回復しきっていないのか、体の節々が痛く、頭も重たい。

のどが渇《かわ》いた……。俺はユリナさんを起こさないように、そっとベッドから抜け出すと、水差しに入っている水を飲んだ。

「ゲホゲホ……」

勢いよく水を飲んで、むせてしまった。

水を飲むと、何だか急に腹がすいてきた。俺は、寝息を立てるユリナさんに掛《か》け布団《ぶとん》をかけ、何か食べ物はないかと部屋の中を探す。そして、部屋の片隅《かたすみ》に食料と酒の入った袋《ふくろ》を見つけた。

俺は、袋の中にあったシカの干し肉とパンをかじりつつ、水を飲む。

窓から景色を見ると、町は無事のようだった。夜中らしく、町は寝静まっていた。

俺は暖炉《だんろ》に向き直り、炎《ほのお》の揺《ゆ》らめきをボーっと眺《なが》める。

一歩間違えれば、死ぬところだった。むしろ今生きていることが、奇跡《きせき》みたいなものだとすら思える。

あの時は、きっとアドレナリンが分泌《ぶんぴつ》されていたのだろう。全く恐怖心など沸いてこなかったが、今になって手が震えてきた。

俺は、スヤスヤと寝息を立てる、最愛の妻やターニャ、アッシュの可愛い寝顔を眺める。

他の誰《だれ》のためでもない。俺はユリナさんのため、愛する家族を守るために戦った。きっと、あの戦場で戦った仲間たちも、誰かを守るために必死に戦ったのだろう。そんなことを考えているうちに、手の震えは自然となくなっていた。

ジュノ12

エルザの作る、しょっぱいスープが飲みたい。

南門での壮絶《そうぜつ》な戦いの後、担架《たんか》で運ばれ、ようやく蒼の団キャンプ地にたどり着いた俺は、不謹《ふきん》慎《しん》にもそんなことを考えていた。

ケイゴが敵将であるコボルトキングを討ち果たすと、指揮官を失った敵の足並みがバラバラとなり、戦況は俺たちに有利となった。そして、ついには敵を殲滅《せんめつ》することに成功した。

「バカ！　冒険者が足をケガしてどうするのよ！」

エルザが、満身創痍の俺を見て取り乱した。キシュウ先生の応急処置のおかげで、なんとか矢傷を受けた足は切り落とさずに済みそうだ。

「すまんエルザ。心配をかけた。でも、ほら大丈夫《だいじょうぶ》だから」

「それのどこが大丈夫なのよ！　本当に心配したんだから！」

エルザの目から涙が溢れた。

「エルザ。俺は今、猛烈《もうれつ》にお前の作るスープが飲みたい」

それを聞いたエルザは、目を真っ赤にして泣き崩《くず》れた。


……

俺たちは、本当に沢山《たくさん》のモンスターを倒した。だが、当然ながら被害《ひがい》がゼロなはずがなかった。担架で運ばれてきた中には顔に白い布がかかっている者もいる。

エルザが動揺《どうよう》するのも、無理のないことかもしれない。

なにせ、あの場にいた全員が死を覚悟《かくご》したのだから。ケイゴがいなければ、確実に俺たちは全滅《ぜんめつ》していただろう。いや、逝《い》ってしまった者の一人でも欠けていれば、俺たちの勝利はなかったと思う。

不利だった戦況は、物見櫓《やぐら》を通じて町の皆に伝わっていたそうだ。タイラントへの避難も開始されていた。そんな中、エルザは俺たちが無事に帰って来る場所を作ろうと思って待っていてくれた。

俺と同じく担架で運ばれたケイゴ、マルゴにすがりつき、ユリナ、サラサも取り乱していた。ユリナ、サラサ、エルザ以外にも、蒼の団キャンプ地に残っていた、戦った者たちの家族が出迎えてくれた。

庭の空き地では、ターニャとアッシュが『勇者ごっこ』をしてジャレついていた。平和な光景だと思った。

俺は、それら最愛の家族との再会という光景を目の当《ま》たり《あ》にして、本望《ほんもう》だと思った。自分たちが本当に守りたいものを守れたのだから。逝ってしまった者も、きっと同じ思いだろうさ。

日没《にちぼつ》時だ。

俺は、沈《しず》んでいく夕日を担架の上で眺めながら、この町にとって歴史的な事件が終わったことを実感していた。

k‐199

彼女の表情を窺《うかが》い知ることはできない。でもきっと、悲しい顔をしているのだと思う。

南門での戦いの後、散った者たちの葬儀《そうぎ》が、厳《おごそ》かにとり行われていた。

喪服《もふく》姿《すがた》で参列する人々。町の殆《ほとん》どの人々が参列している。家族とおぼしき女性たちは、黒いヴェールで顔を覆《おお》い、喪に服している。

とある女性のヴェールの中から嗚咽《おえつ》が聞こえた。見覚えのあるその人は、ママの酒場で働いていた方で、ユリナさんと親しそうに会話をしていた女性だ。泣いているということはきっと、南門の戦いで散っていった者の家族なのかもしれない。手をつなぐ小さな子供は、なんでママが泣いているのかわかっていない様子だ。

俺の少しななめ後ろに立つ、ユリナさんの黒いヴェールも、悲しげに風に揺れていた。

病《やまい》に飢《う》え、貧困《ひんこん》、理不尽《りふじん》な暴力。

この世界では、ロウソクの火を吹《ふ》き消すように、命など簡単に消えてしまう。

こんな世界を生き抜くことは、きっと容易じゃない。だからこそ、精一杯《せいいっぱい》あがいてやる。

俺は、散っていった仲間たちの墓を見ながらそう思った。

ジル2

ヒュッ

私は、ハインリッヒ様の背中に爪《つめ》を振り下ろそうとしていたコボルトファイターの首をはねる。

私たちは、圧倒的な戦力差の中、必死にモンスターの大群と戦った。多勢に無勢。誰もが死を覚悟した。

しかし、その瞬間奇跡は起こった。ケイゴオクダが、凄まじい力に目覚めたのだ。

彼は一撃で、モンスターの大軍を蹂躙。その後、敵の大将であるコボルトキングと一騎《いっき》打《う》ちの末、勝利を掴《つか》んだのだ。

少なくない仲間たちが散っていった。それでも、私たちはレスタの町を守り切った。

モンスターとの戦いが終わり、ハインリッヒ様は糸が切れたように意識を手放した。

私は、満身創痍のハインリッヒ様をバイエルン様の邸宅の一室に運び込み、介抱《かいほう》した。

……

目を覚ましたハインリッヒ様は、部屋をぐるりと見まわすと、自分がどこにいるのか理解したようだった。

「ジル。これはどういうことだ」

「バイエルン様の許可は得ております。今回の功を認め、町からの追放は取り消すとのことです」

ハインリッヒ様は、眼鏡を右手中指でクイッと上げ、呆《あき》れ顔になった。

「今さら私が、この町で生きていけるわけがないだろう。それに、私はもう自分の生き方を見つけたのだ。父上には、よろしくとだけ伝えておいてくれ」

そう言うと、ハインリッヒ様は身支度《みじたく》を整え始めた。町から去るつもりのようだ。

「私は、ハインリッヒ様に幼少からお仕えした身。ハインリッヒ様が、どこへ行かれるのかは存じませぬが、私も付いていきます」

「そうか。それもまた、お前の人生。私がとやかく言うことではない。勝手にすればいい」


……


ハインリッヒ様が身支度を整えている間。私はバイエルン様にお暇《いとま》を頂戴《ちょうだい》し、ハインリッヒ様に付いていくことを伝えた。

バイエルン様はどこか嬉しそうだった。ハインリッヒ様は、劇的に成長され、この町に戻られた。

そして、貴族の義務を果たされた。自らの命を懸けて、レスタの町を守ったのだ。

結局ハインリッヒ様は、バイエルン様に会うことはなかった。

ハインリッヒ様は、フードを深々とかぶると、まるで私など最初から居なかったかのような振舞《ま》いで、早足で雑踏《ざっとう》の中を歩き去っていった。

私は主人の姿を見失わずに、後を追うことだけで精一杯だった。

第四章 イトシノユリナ

shousyaman no isekai survival

k-200

南門での戦いが終わり、少しずつレスタの町は落ち着きを取り戻《もど》していった。
気分転換《てんかん》のしたかった俺《おれ》は、マルゴ、ジュノ、サラサ、エルザに声をかけ、「久しぶりに、俺の小屋で慰労会《いろうかい》でもしないか？」と提案した。四人とも「待っていました」とばかりに食いついてきた。

……

本日は快晴なり。星空の綺麗《きれい》な夜になりそうだ。
美味《うま》い料理といえば、川が美食《グルメ》の宝庫。みんなのために、何か美味い物でも調達してこよう。ユリナさんに家の留守を任せ、俺は川に馬車を走らせた。

川のせせらぎの音が、段々と大きくなってきた。俺は穴だらけになったマーマンを見つけ、馬車を停める。盾《たて》とウルヴァリンサンダーソードを構え、一人川に近づいた。

本日の釣果《ちょうか》は、ジャイアントアーチン三体、鮎《あゆ》のような魚十数匹也《ひきなり》。

これなら、マルゴたちも喜んでくれるだろう。

一八：〇〇
馬車を走らせていると、我《わ》が家が見えてきた。アッシュを抱《だ》っこしたサラサが出迎《でむか》えてくれた。サラサの腕《うで》から地面に飛び降りた世界一可愛い子狼のアッシュは、真《ま》っ直《す》ぐに俺の元へとふっとんできた。

さあ、宴会《えんかい》の始まりだ。

俺は料理を作り、四角いドラム缶で風呂を沸かす。トゲが危険なジャイアントアーチンの解体は、マルゴとジュノに任せた。

「アイス」

カランと音を立てて、グラスに氷が入る。

俺は、サラサがもってきた高級蒸留酒をロックにして全員に配る。ターニャはもちろんノンアルコールのジュースだ。そして、桶《おけ》の中を泳いでいた新鮮《しんせん》な魚を三枚におろして刺身《さしみ》にし、塩と酸味のあるヴィーラの実をそえて全員に出す。俺は、酒を軽く飲みながら料理を作る。

生ウニを塩水と一緒《いっしょ》にグラスに入れ、ちょっとお洒落《しゃれ》に出す。ウニのオムレツやパスタも作った。パスタは、ウニで作った濃厚《のうこう》なソースにからめ、最後に生ウニとハーブで盛り付ける。

魔法《まほう》でドライアイスを作り、スパークリングワインも作る。ターニャにも、ルミーの果実ジュースを炭酸水で割って出してあげた。

美味い酒と料理、そして夜空を見上げながらの露天風呂《ろてんぶろ》という無限ループに、俺たちは癒《い》やされていく。

俺は、蒸留酒をロックにして飲みながら、湯につかる。そして、冬独特の透《す》き通った星空を見上げる。まるで心が洗われるような、美しい星空だ。

各々《おのおの》、料理や酒を食べながら、歌ったり、踊《おど》ったり。好きに過ごした。

俺は、風呂に入っては出て、生ウニを肴《さかな》に冷えたエールでのどを潤《うるお》すという無限ループに入った。そして、その合間に書き物をした。今は、先日のレスタ南門での戦いの詳細《しょうさい》な記録を文字に起こしているところだ。一人静かに書き物をするのも好きだが、こういう仲間との楽しい時間に書き物をするのも悪くない。

戦いの記録。戦闘《せんとう》で散った仲間の家族が泣いているのを見た時の辛《つら》い気持ち。今の最高に楽しい瞬間《しゅんかん》の気持ち。色々な出来事や想《おも》いを文章にまとめた。

そして、何度目の露天風呂だったろうか。風呂上がりの俺がタオルで体を拭《ふ》いた後、小屋に入ろうとすると、門の方向から馬車の音がしたことに気がつく。

俺は、小屋の中にいるマルゴたちに声をかけ、門から外を窺《うかが》った。すると、門の前に馬車がとまっていた。その馬車は、やたらと豪奢《ごうしゃ》な姿形をしていた。

k-201

豪奢な馬車から出てきた馬車の主《あるじ》と思《おぼ》しき人物は、やはり豪奢な格好《かっこう》をしてはいたが、どこか上品な雰囲気《ふんいき》を醸《かも》し出していた。

気がつけば、マルゴたちが俺の横に来ていた。その人物と豪奢な馬車についている紋章《もんしょう》旗を交互《こうご》に見たマルゴたちは、その場で全員平伏《ひれふ》した。

俺は唖然《あぜん》とした。立っているのは俺だけになった。もしかすると、マルゴたちが一目見て平伏《へいふく》しなければならないような人物なのかもしれない。

「■×▽□×！」

執事《しつじ》と思しき人物が俺を指差し、何かを叫《さけ》ぶ。「この無礼者！」という感じだろうか。

俺も、マルゴたちと同じようにあわてて平伏しようとすると、その馬車の主はサッと右手をあげ、執事を制止した。

「□■○○？」

馬車の主は、焦《あせ》っている俺に何かを話しかけてきた。俺が反応できないでいると、マルゴの太い腕が俺の足をどついた。

「俺はケイゴオクダ。寒いので中にどうぞ。お付きの皆《みな》さんも、鍛冶《かじ》小屋なら空いておりますので」

俺はジェスチャー混じりの日本語でそう言うと、小屋に入るように促《うなが》した。何とか伝わったようで、ほっと胸を撫で下ろした。

その身分の高そうな人と、執事らしき人物は寝所兼居間《しんじょけんま》に。その他の護衛の方たちには鍛冶小屋に案内した。しかし護衛の方たちは、寝所兼居間の前に立っていると言って譲《ゆず》らなかった。

マルゴたち、ユリナさんまで部屋の中で平伏していた。ターニャはユリナさんにたしなめられ、アッシュを抱っこしながら大人しくユリナさんの横にお座《すわ》りしていた。

この人は一体、何者なのだろう?

俺は、その身分の高そうな人に対し、ジャパニーズ秘奥義《ひおうぎ》『おもてなし』を発動することにした。おもてなしの精神が重要なのは、万国《ばんこく》共通に違《ちが》いないからである。

身分の高そうな人はゲルニカさんという名前だそうだ。

俺は、ゲルニカさんを暖炉《だんろ》に一番近い椅子《いす》に座《すわ》っていただき、旅で疲《つか》れた体を休めてもらった。

そして俺は、ゲルニカさんに生ウニと、スパークリングワインを出した。

それを毒味した執事らしき人物が硬直《こうちょく》した。それからなんと、執事らしき人物はガツガツと全部食べきってしまった。ゲルニカさんにこっぴどく叱《しか》られる執事らしき人物。

俺は、すぐに二人分の生ウニとスパークリングワインを出してあげた。

生ウニとスパークリングワインの織り成すハーモニーに、硬直するゲルニカさん。

その後、生ウニのパスタと鮎の刺身を出してあげた。ゲルニカさんは、執事に毒味させようとはしなかった。

その後、俺はゲルニカさんを露天風呂に案内し、冬の星空を堪能《たんのう》してもらうことにした。サイドテーブルに、高級蒸留酒で作ったハイボールとウニ、バスタオルなどを置き、側《そば》に控《ひか》えることにした。

ゲルニカさんは、鼻歌を歌うくらい目に見えて上機嫌《じょうきげん》になっていった。


ドラム缶風呂から上がり、小屋に戻ったゲルニカさんは、執事らしき人物に、何かを命令した。うやうやしく、上質な紙、豪奢なペンとインクなどの筆記用具を取り出し、テーブルの上に置く執事らしき人物。

その紙を読み、一部訂正《ていせい》の上、サインするゲルニカさん。一体何なのだろう。

これまでの俺とのやりとりで、言葉が通じないのはわかって頂いた様子だ。平伏するマルゴを呼び、俺に説明するよう促すゲルニカさん。

急いで立ち上がったマルゴは、その紙をうやうやしくゲルニカさんから受け取ると、俺に差し出した。読めということなのだろう。俺は、その紙に書かれた内容を読むことにした。

勅書

勅命《ちよくめい》をもって命ずる。

ケイゴオクダ（住所：レスタの町、南方）に騎士《きし》貴族位を授与《じゆよ》する。

授与理由：

先だってのレスタの町南門における、コボルトキングを含《ふく》むモンスターの大群との戦闘での武勲《ぶくん》。

および、蒼《あお》の団を率いた活動により、レスタの町における死亡者、犯罪の抑制に貢献《こうけん》したこと。

騎士貴族位の授与に伴《ともな》い、以下の権限を付与《ふよ》し、義務を課す。

権限：

ランカスタ王国南端《なんたん》、ボーラシュ平野一帯の統治権、徴税《ちようぜい》権。蒼の団およびその構成員を配下とすること。

義務：

徴税した金員について、毎年王家が定める上納率に則《のっと》った上納義務。王国有事の際の出兵義務。領内のダンジョンならびにモンスターへの対処。なお、入植開始から三年間は税の上納を免除《めんじょ》とする。

その他恩賞等：
入植経費、恩賞として、ランカスタ王国金貨一〇万枚を授与する。王国全土の集落に対し、新たな町ができること、入植する者に対し、国庫から一人あたり金貨一枚を支援《しえん》する旨《むね》通知を出す。徴税その他町を運営するための官吏《かんり》の派遣《はけん》は、レスタ領主バイエルンに一任する。

ランカスタ王国暦三五六年
ランカスタ王国　第六代国王　ゲルニカ

k-202

つまり、この身分の高そうな人はこの国の国王陛下ということになる。

勅書から視線をマルゴにチラリと移すと、血走った歌舞伎《かぶき》役者のような目で俺を睨《にら》んでいた。マルゴさんや、圧を感じるぞ。

やだなあ、面倒《めんどう》くさいなあと思っていたことが、マルゴにはバレバレだったようだ。

つまり、これはあれか？　またしても断れないヤツか？　俺はデジャヴを覚えて頭が痛くなった。

「はあー……」

俺は長い溜息《ためいき》をつくと、ゲルニカ陛下に「アリガトウ。ワカリマシタ」と言って、九〇度の深いお辞儀《じぎ》をした。

勅書では、金貨七万枚が金貨一〇万枚に訂正されていた。『おもてなし』はするものである。

そしてゲルニカ陛下は、嵐《あらし》のように去っていった。


……


翌朝。

俺たちは、ゲルニカ陛下が残していった勅書とにらめっこしていた。しかし、紙をどんなににらんだところで、勅命がなかったことになるわけではない。

重い沈黙《ちんもく》に包まれる中、マルゴが口を開いた。言葉の通じない俺に対しては、紙に字を書いてくれた。

「勅書の内容は、よくよく考えれば、そんなに悪い話ではない。次々と増える子供たちをエルザの宿屋の敷地《しきち》で保護し続けるのは、もう限界だからだ。今後のことだが、勅書の内容は絶対だ。たとえバイエルン様といえども、逆らうことはできない。ただ、入植するにしても、どのように段取りを組むかが問題だ」

そうマルゴは言った。

「金貨一〇万枚だが、全《すべ》てマルゴとサラサに預ける。運用方法はお前らで勝手に考えてくれてかまわないぞ」

面倒くさい俺は、そう言った。金勘定《かんじょう》なら、店を経営しているマルゴやサラサの得意分野だろうから。

「まずは、家を建てること。町の大きさを決めて、柵《さく》を作り町を囲むことが必要だろう。町の警備については、蒼の団のメンバーに加えて、冒険者《ぼうけんしゃ》を雇《やと》えば良いと思う」

ジュノが口を開いた。

「私は蒼の団と子供たちのために、また新たな町で宿屋を始めるわ。レスタの宿屋はお父様に一旦《いったん》お返しして、また誰《だれ》かに経営してもらうことにするわ」

エルザも口をはさむ。こいつらは、当然のように俺に協力すると言ってくれている。それが少し嬉《うれ》しかった。

「そう言えば、自分たちの店のことも考えなくてはいけないわね。私とマルゴの店については、うちの店に弟子《でし》がいるから、店を続けることは可能。レスタのみんなにも迷惑《めいわく》をかけられないしね」

とサラサ。何故《なぜ》かみんなやる気満々で、どんどん話が進んでいく。どうやら気乗りしていないのは、俺だけのようだ。

「私はママに頼《たの》んで、歓楽街《かんらくがい》を作る段取りをするわね」

ユリナさんが発言し、それを書いた紙を俺に見せた。マルゴとジュノが、明後日《あさって》の方向を見ながら口笛を吹《ふ》いて誤魔化《ごまか》している。俺の頭の中では『アッシュのブラジャー事件』の映像が再生されていた。

「う……、うん。いいんじゃないかな。それよりさ、この勅書をバイエルン様に見せるべきじゃないか?」

危険を察知した俺は、素早く紙にペンを走らせ話題を変えることにした。

「賛成だ。俺もバイエルン様に、この勅書を見せるところから始める必要《ひっす》があると思う。新しい俺たちの町づくりに協力してもらうにしても、あの方のご理解は必須だろう」

マルゴがそう言った。

やることは決まった。俺が何も言わなくても、仲間たちがどんどん進めてくれる。

「そうだ、私たちの町の名前を決めなきゃ」

ユリナさんが、ポツリとそうつぶやいた。

k - 203

一三：〇〇

俺たちは勅書を紙の束にはさみ大切に保管しつつ、バイエルン様の邸宅《ていたく》に向けて馬車を走らせた。

一四：三〇
邸宅に到着《とうちゃく》すると、ドニーさんが俺たちをバイエルン様の執務室《しつむしつ》に通してくれた。

バイエルン様は、俺が手渡《てわた》した勅書に素早《すばや》く目を通すと、俺に「ヨロシク」と握手《あくしゅ》を求めてきた。

「これで、お前も貴族仲間だ」ということなのかもしれない。

「それで……、町の名前はどうするのかね？」

バイエルン様が紙に書いて、俺にそう聞いてきた。

その場にいる全員が、俺の顔を見ている。

ジャスト・ア・モーメント・プリーズ

俺のネーミングセンスの無さを、舐《な》めないでほしい。どうしたものだろう。

俺は、右手で「待ってください」とバイエルン様にジェスチャーし、しばらく腕を組み考え込《こ》む。

船乗りは、命を預ける船に自らの最愛の人の名前をつけることがあると聞く。

そして、俺の命を預ける移動手段。それはロシナンテ（馬）だ。

ドドーン

俺の背後に雷《かみなり》が轟《とどろ》いた。天啓《てんけい》が下ったのである。「二つの名前を合体せよ」と神の声が聞こえた気がした。

イメージするのは、ケンタウロスになって弓を引く、神々《こうごう》しい女神《めがみ》のようなユリナさんの姿だ。格好《かっこう》良い名前が浮《う》かびそうだ。

バキーン！　合体！

『ユリナンテ』

ダセえ。ダサすぎて悶絶《もんぜつ》死しそうだ。しかし、ユリナでは安直すぎる。その結果……。

『イトシノユリナ』

散々悩《なや》んだ挙句、俺は町の名をイトシノユリナと命名した。これなら、こちらの世界の人には意味がわからず、安直すぎもしない。我ながらナイス・アイデアだ。

「イトシノユリナ。良い響《ひび》きだな」

バイエルン様がそう言った。マルゴたちも気に入ってくれたようだ。

やはり意味はバレていなさそうだ。良かった。

しかし、この時の俺は、盛大《せいだい》なブーメランを放ってしまったという事実に、気付きもしなかった。

k - 204

ボーラシュ平野への入植について、バイエルン様の全面的な協力をとりつけた。

王の命令にあった、町の運営に必要な官吏を派遣してくれるだけではなく、金銭的な援助《えんじょ》もしてくださるそうだ。そしてバイエルン様は、早速《さっそく》仕える者の中から、メアリーという秘書を俺につけてくれた。

「ケイゴオクダ。まずお主は、このメアリーからランカスタ語を教わった方が良いな。貴族として最低限必要な、作法やマナーも。メアリー頼んだぞ」

金髪《きんぱつ》をアップにした真面目《まじめ》そうなメアリーさんは、その言葉に対して綺麗なお辞儀で返していた。

そして、俺はここまでしてくれたバイエルン様に対して、紙に書いて御礼《おれい》の意思を伝えた。

「今回のような有事の際は、必ず駆《か》けつけます。今まで本当にお世話になりました。これからもよろしくお願いします」

俺はお辞儀をしつつ、手紙をバイエルン様に手渡した。

「ケイゴオクダよ。手紙で思いついたが、定期的に手紙のやり取りをしよう。それも、貴族の義務だ」

「わかりました。何もわからない素人《しろうと》貴族ですが、よろしくお願いします」

本当にその通りだった。貴族社会について右も左もわからない俺には、バイエルン様だけが頼《たよ》りだ。

「後はイトシノユリナに派遣する予定の徴税担当者だが、ケイゴオクダも会っている人物になる。教会のシスター・シャーロットだ」

バイエルン様は、言葉で説明すると同時に、紙にそう書いて俺に見せた。

……

新しい町が、南のボーラシュ平野にできる。しかも町の主は、俺たちの町を助けてくれた英雄《えいゆう》。騎士位を授与され貴族となったケイゴオクダだ。

レスタの町はそのニュースで持ち切りになっていた。

なぜそんなことが、ランカスタ語が理解できない俺に解ったかというと……。

レスタのあちこちから、ケイゴオクダという単語。それとセットでイトシノユリナという単語が聞こえてきたからだ。しかも、羨望《せんぼう》のまなざしというおまけ付き。俺はその度《たび》に恥《は》ずかしくなり赤面した。

しまった。色々な人に、町の名前を連呼されることを想定していなかった。

俺は、自分の放った盛大なブーメランによって、瀕死《ひんし》の重傷を負うハメとなった。

「これから、忙《いそが》しくなりそうだ」

新しい仲間である秘書のメアリーを伴って自宅小屋に戻る道中、レスタの町を振《ふ》り返り、俺はそう呟《つぶや》いた。

k - 205

雪解けの季節。

ボーラシュ平野は辺り一面草花が芽吹《めぶ》き、春の息吹《いぶき》を感じさせてくれた。

俺はユリナさん、ターニャ、アッシュを連れ、新たな町の建設予定地を訪《おとず》れていた。

続々と建築資材や食料などが運び込まれている。

現場指揮はマルゴとサラサ。ジュノと蒼の団のメンバーはブルーウルフたちと一緒に護衛の任に就《つ》いている。

レスタの冒険者ギルドマスター、シュラクさんの協力の下《もと》、解体屋から技術者が数人派遣されていた。シュラクさんとは、冒険者ギルドを設立するための職員を派遣してもらう約束をしている。

エルザには、レスタの町で子供たちの面倒を引き続き見てもらっている。

俺はイトシノユリナの領主という立場なので、町づくりに関して何かの作業を割り当てられているわけではない。しかし町の責任者であるならば、町が出来ていく様をこの目で見届けたいと思った。

現在、建設予定地には沢山《たくさん》のテントが並んでおり、皆そこで寝泊《ねと》まりしている。木造の家が次々と建ってきているので、ベッドで快適な睡眠《すいみん》をとれる日も近い。

建設予定地は川が流れており、小高い丘《おか》がある場所を選定した。領主の城を丘の上に建設し、丘を囲む形で町をつくることにした。

サラサやマルゴ、職人連中が作製した町の設計図を見せてもらったところ、川から水を引き水路を作るようだ。

台所やトイレに上水道と下水道があればいいなと思い提案したところ、取り入れてくれた。台所やトイレには、水属性が付与された水の湧《わ》く鉄の板『ウォーターボード』を設置して、上水道の代わりに。生活排水《はいすい》は、家と下水用の水路を金属製の配管で接続して処理をする。そのような計画となった。

職人たちが汗水《あせみず》流して働いている。俺は彼《かれ》らを労《ねぎら》うために、毎日風呂を沸《わ》かすことにした。近くに川があるので、手作りの四角いドラム缶三つに水を汲《く》み、風呂を沸かすことが日課となっていた。

……

ボーラシュ平野で町づくりに着手してから一週間が過ぎた頃《ころ》。

マルゴは鍛冶職人だということもあったのだろう。自分の家よりもまず、鍛冶小屋を作って、鍛冶道具や材料を運びこんでいた。もっともマルゴは町の建設指揮で忙しく、自分の鍛冶作業どころではない様子だった。

マルゴが鍛冶小屋を作った場所は、町の設計図で工業地区に指定した場所だった。粉塵《ふんじん》や工業廃《はい》水《すい》による公害を回避《かいひ》するため、住居地区とは少し離《はな》れた場所を指定した。この世界には公害などという概念《がいねん》はなく、この提案も俺がさせてもらった。下水用の配管など、建築用の資材を作らないといけないため、マルゴが建てた鍛冶小屋の周りには次々と鍛冶場が建設されつつあった。

俺はマルゴの鍛冶小屋を使わせてもらって、手付かずだった鍛冶や薬の調合作業を行うことにした。

俺は、手始めにフェムト研磨《けんま》石、マーマンの鱗《うろこ》、火炎《かえん》石を使い、マルゴから依頼《いらい》されたファイアダガーやウォーターダガー、そして上水道用のウォーターボードを製作した。


『個体名：奥田圭吾《おくだけいご》は、鍛冶Ｌｖ７を取得しました』

次に、コボルトキングの素材を使った武器防具作りに挑戦《ちょうせん》する。
【コボルトキングの牙《きば》：貴鉄と一緒に製錬《せいれん》することで、王鉄を得ることができる。取り扱《あつか》い必要条件、鍛冶Ｌｖ７以上】
【コボルトキングの毛皮：衝撃耐性《しょうげきたいせい》（中）、斬撃《ざんげき》耐性（中）をもつ素材。取り扱い必要条件、鍛冶Ｌｖ７以上】

鍛冶レベルは、現在Ｌｖ７だ。俺は、これらの素材での武器防具製作に挑戦することにした。

カンカンカン　ジュワー

まずは、貴鉄とコボルトキングの牙を炉《ろ》で溶《と》かし、王鉄を製錬。そして武器防具を成型していった。防具にはコボルトキングの毛皮を惜《お》しみなく使う。その結果できたのは。

【コボルトキングソード：敵対する者に威圧《いあつ》効果。攻撃力《こうげきりょく》87】
【コボルトキングバックラー：衝撃耐性（中）、斬撃耐性（中）。防御力《ぼうぎょりょく》54】
【コボルトキングアーマー：王鉄製の鎧《よろい》。衝撃耐性（中）、斬撃耐性（中）。防御力75】
【コボルトキングガントレット：王鉄製のガントレット。衝撃耐性（中）、斬撃耐性（中）。防御力45】
【コボルトキンググリーブ：王鉄製のグリーブ。衝撃耐性（中）、斬撃耐性（中）。防御力56】

『個体名：奥田圭吾は、鍛冶Ｌｖ８を取得しました』
『個体名：奥田圭吾は、鍛冶Ｌｖ９を取得しました』
『個体名：奥田圭吾は、鍛冶Ｌｖ10を取得しました』

鑑定《かんてい》スキルのレベルが3になった効果なのか、武器防具のステータスが表示されるようになっていた。今まで使い込んできた、ヘルファイアソードが攻撃力25、ヘルハウンドバックラーが防御力16。マルゴから購入《こうにゅう》したライトアーマー、ライトガントレット、ライトグリーブを、金属で補強した装備。その合計防御力値が37なので、ずいぶんと強力な装備ができたのではないだろうか。強力な装備を作ったからなのか、鍛冶スキルのレベルが一気に三つも上がった。

また念のため、これらの防具には水属性を付与し火耐性をつけておいた。この日は、これらの作業に没頭《ぼっとう》し、一日を費やした。

……

その翌日。

日課の鍛練《たんれん》を終えた俺は、鍛冶小屋にこもり、薬類を調合することにした。作るのは必要なポーション類、モンスター討伐《とうばつ》で意外と使える毒類。これらの作製は、特にモンスターとの戦闘を行う蒼の団の連中から頼まれていた。

パルナ解毒《げどく》ポーション、デュアルポーション（中）、ゲバル毒、ドヌール毒。

それらを次々と調合していく。そして、俺は新たな素材を元に、調合を試みることにした。

【パープルタランチュラの毒腺《どくせん》：猛毒《もうどく》。コカトリスの毒腺、バドル毒草、ガドル毒草を調合することで、『竜《りゅう》殺し』の異名をもつ毒の生成が可能。取り扱い必要条件、錬金術《れんきんじゅつ》Lv10以上】

俺は試《ため》しに、鑑定通りのレシピで毒を作ってみることにした。

猛毒とやらの蒸気を吸ってお陀仏《だぶつ》になってでも嫌《いや》なので、布で口と鼻はガードする。当然パルナ解毒ポーションは手に届く範囲《はんい》に置いておく。魔力を込めながら煮込《にこ》むこと小一時間。その結果できたのは、実に禍々《まがまが》しいものだった。

【ゾディアック毒：猛毒。レジストするには毒耐性Lv13が必要。別名、竜殺し】

『個体名：奥田圭吾は、錬金術Lv12を取得しました』

以前のように舐めなくても、鑑定結果が解った。こんなものを一々舐めていては、俺の命がいくつあっても足りやしない。

俺は、この危険物を瓶《びん》に移して封《ふう》をし、鍛冶小屋に隣接《りんせつ》して建てられた倉庫小屋で厳重に保管することにした。

サラサ9

ケイゴが、騎士貴族になった。

騎士貴族ということは、この国では世襲《せしゅう》の認められない最下級の貴族ということを意味している。

それでも、平民が貴族になるなんて、商人である私がいくらお金を積んでも実現できることではない。ケイゴは偉業《いぎょう》を成し遂《と》げたのだと思う。

そしてケイゴは、貴族になったことに伴って広範囲の土地とお金が与《あた》えられた。

ケイゴはさも面倒くさいという顔をして、それらの運用を私とマルゴに投げてよこした。もちろん友人だから引き受けたということもあるけれど、これは商人である私にとってチャンスだった。新しい町ができるということには、チャレンジする価値が十分にあった。

商人である私は、冷静に損得勘定をして引き受けることを決めた。


……


先日、ケイゴから預かった資金で、ジョニーたちに荷馬車を買い与えた。

彼らはギャング、『ジョニーと七人の悪魔』を名乗っているけど、本当に名前負けも良いところ。

彼らは、本当に心の優《やさ》しい人たちだと思う。

彼らには、蒼の団の子供たちをイトシノユリナへ輸送する仕事と、レスタや他《ほか》の町を巡《めぐ》り、スラム街に子供がいたら速《すみ》やかに保護し、イトシノユリナへ連れてくる仕事を与えた。

レスタにあった私のお店は商人弟子《でし》たちに任せることにした。夫であるマルゴの店も彼らに任せることにした。

今現在、イトシノユリナでは急ピッチで建物の建設作業が行われていて、ケイゴが指定した商業地区に大規模な私の商館を作らせている。取り扱う商品は、武器防具も含めた全て。

レスタの町では、職業や商品ごとにギルドが存在し、ギルドの許可なしに商品を取り扱うことは禁じられていた。わかりやすく言うと、夫が所属する鍛冶ギルドの許可なく、私の店で武器防具を売ってはいけないというルールがあったのだ。

しかし、このイトシノユリナは違う。私はケイゴから財政の全権を委任されており、ルールそのものを作る立場にある。ただし最終決定権者は領主であるケイゴなので、重要事項《じこう》は彼に相談して決めなければならない。そして、最重要事項である職業ギルドについてケイゴに相談したとき、彼はこんなことを言っていた。

「職業ギルド？　シュラクさんからすでに協力を得ている冒険者ギルドの設立は別として、職業ギルドが乱立するのは良くないね。ギルドは生産者の利益を保護するもので、その目的が達成されるのであれば不要だし、自由な経済発展を阻害《そがい》しかねない。サラサの商会が生産者から正当な金額で買い取る仕組みがいい。買い取り価格は、レスタの市場価格と比較《ひかく》してコントロールしよう。あとは、サラサの商会による独占《どくせん》はこの町の経済発展のためによくないから、バイエルン様に商人を一人引き抜《ぬ》く許可を頂いたよ。サラサのライバル商会を一つこの町に作ることにした。アイリスさんという獣人《じゅうじん》の女商人だ。一度レスタのお店に行ってみたけど、猫《ねこ》や兎《うさぎ》の獣人さんがいて、あれは和《なご》むね」

私は楽しそうに笑うケイゴに猛抗議《もうこうぎ》をした。当然だ。ライバル商会などがあっては私の商会の利益が減ってしまうじゃない！　しかも、レスタの町でライバル商人だった性悪猫娘《むすめ》のアイリスだなんて冗談《じょうだん》じゃないわ！　確かにアイリスは私の目から見て、それなりに目鼻立ちが整っているのは認める。だからこそ、アイリスが権力者であるケイゴや夫に色目を使う姿が容易に想像できた。

しかしケイゴは、私に対し言葉を手紙に書いて説得を続けた。

「考えてみろ、サラサ。競争相手がいないとどうなるか。何の努力をしなくても、同じ商品が同じ値段で売れ続けるだろ？　そして、ランカスタ全体を俯瞰《ふかん》して見たとき、競争して質が上がった商品やサービスに客が集中して売れ、何の努力もしなかった質の低い商品やサービスは売れずに淘汰《とうた》されていく。それはな、商人だって一緒なんだよ」

ケイゴは競争があることで、お互《たが》いに切磋琢磨《せっさたくま》し商品やサービスの質が向上するのだと言った。

商人は何も、商品だけを取り扱っているんじゃない。立ち居振る舞《ま》い、相手が何を欲《ほっ》しているかを読み取る交渉《こうしょう》術。そして、何よりもお客さまに買って良かったという満足感を与えることが大切なのだと言った。

私は衝撃を受けた。商人という仕事に対して、そのような価値があるなんて思ってもみなかったから。

だからこそ私の商会にそれらの力を磨《みが》かせ、よりよい商《あきな》いができるよう、イトシノユリナにアイリスの商会を作らせるのだとケイゴに説明された私は納得《なっとく》するしかなかった。

それと同時に、私は『サラサ商会会頭』として決意を新たにし、絶対にアイリスなんかには負けないという闘志《とうし》を燃やしていた。

ジュノ13

俺は、ジュノ。蒼の団の副団長を務めている。

俺は、ボーラシュ平野の新しい町、イトシノユリナ建設予定地に来ていた。そこでは、蒼の団を引き連れて、土地の警護に当たっている。

それにしても。

エルザの作る、しょっぱいスープが恋《こい》しい。イトシノユリナに来てからというもの、久しくエルザの顔を見ていない。寂《さび》しい。

しかしエルザは、レスタにある宿屋の経営だけでなく、保護した子供たちの面倒を見ることで精いっぱいだ。俺の都合だけで、こちらに連れてくるわけにはいかない。

一番の近道は、子供たちが居住できる家を作り、移住できる環境《かんきょう》を整えることだ。早くエルザと再会するために、町の建設を急がねば。

……

ケイゴが、イトシノユリナ建設予定地に来てくれている。

ケイゴの作る料理が、俺たちの楽しみになっている。それに、ケイゴは毎日俺たちのために風呂を沸かしてくれる。

ケイゴは、飼育していたハーブ鶏《どり》を全て連れてきていた。それらのハーブ鶏が産む卵で燻製《くんせい》を作りながら酒をやるというのは、もはや見慣れた風景となっていた。その絶品料理がまた、疲れた俺たちの心を癒やしてくれた。

ケイゴは、モンスターが襲《おそ》ってくれば自ら先頭に立ち、ブルーウルフを引き連れて一緒に戦ってくれた。

「貴族らしくない貴族だ」と皆が口々に言う。しかし俺からすれば、アイツはそういう男だということは長い付き合いで解っていた。貴族になったからといって偉《えら》そうに振《ふ》る舞《ま》うアイツの姿は、とてもじゃないが想像できなかった。

……

イトシノユリナは大分体裁《ていさい》が整ってきた。木の柵でイトシノユリナの町全体を囲み、建物の建設もずいぶんと進んだ。

サラサの商館が完成した。レスタでサラサのライバル商人だったアイリスの商館も作った。商品を格納するための大きな倉庫も作った。サラサはレスタの商店とイトシノユリナの商店を合わせて、『サラサ商会』と呼称《こしょう》することにしたそうだ。イトシノユリナへやってきたアイリスも同じようなことを言っていたので、お互いにかなり意識しているようだ。

わざわざアイリスをイトシノユリナに呼んだのは、ケイゴ曰《いわ》く、「競争がないと、成長しない」のだそうだ。俺は、そんなものなのか？　と半信半疑だったが、アイツの言うことなのだから恐《おそ》らく間違いはないのだろう。

エルザが経営する二階建ての宿屋の建設はもう少しで完成する。エルザの宿屋が建設される場所は、保護した子供たちを育成するための場所として土地を広くとった。子供たちが住むための暖かい小屋の建設も進めている。

エルザの宿屋の近くに、蒼の団の本部施設の建設も進んでいる。蒼の団の本部施設は、何か有事の際の指揮所として使えるように設計してある。

領主が住む城の建設も着々と進んでいる。邸宅は石造りで、小高い丘の上に建設している。見晴らしが良く、町を隅々《すみずみ》まで見渡《みわた》すことができる。ケイゴは「豪華《ごうか》な建物はいらない」と言っていたが、そうはいかない。今後、バイエルン様以外の貴族同士の付き合いも出てくるだろう。町の面子《めんつ》にも関《かか》わってくるので、それなりの体裁は整えなければならない。

　ゲルニカ陛下から、ランカスタ王国中の集落に対し、ボーラシュ平野に新たな町がつくられ、移住者には金貨一枚が支給されることが通知されたため、入植希望者が殺到している状況《じょうきょう》だ。これから農業や林業も本格的に始まるだろう。やることは多い。
　俺はベッドの上で静かに目を覚ますと、外で太陽の光を浴びながら鍛練をして気合いを入れる。俺の役割は、町の治安を守ることだ。

　そして今日もまた、忙しい一日が始まる。

エルザ5

　私はレスタの町で宿屋を切り盛りし、スラム街で保護した子供たちの面倒を見ていた。子供たちは皆元気いっぱいで、毎日目が回るような忙しさだ。やりがいがあって、毎日が楽しいはずだったのだけれども。

　あ、ダメだ。寂しい……。不意に襲ってくる、あの感情。
　私は、久しくジュノにハグされていない。彼の部屋に残してあった服を手に取ると、そっと顔をつけ匂《にお》いをかいで、寂しさを紛《まぎ》らわせる。

コンコン

そのとき、誰かが部屋のドアをノックした。

ドアを開けると、そこには心配そうな顔をした母がいた。

「ママ。私、寂しい。ジュノに逢《あ》いたいよ……」

私の目から涙《なみだ》がこぼれ落ちた。それを見た母が、そっと私を抱きしめてくれた。母の髪《かみ》の毛から、ふんわりとした太陽の匂いがした。

「エルザ。宿や子供のことはアタシがなんとかする。アンタは早くジュノの元へ行きなさい！」

「ありがとう！　ママ！」

私は涙声で、そう言った。

それから母は、私の仕事を全て引き受けてくれた。母は引退したとはいえ、私が小さい頃からずっと宿屋を切り盛りしてきた人間だ。これ以上、頼もしい存在はいない。

私はすぐに身支度《みじたく》を整え、蒼の団の護衛とともに馬車をイトシノユリナへと向け走らせた。

ジュノ14

俺は、いつものように朝の鍛錬《たんれん》をケイゴと行った。朝食後、警備の指揮をとりにいこうと町の門を出た矢先、一台の馬車が町の外からこちらに向かってくるのが見えた。その馬車には、エルザが乗っていた。

「エルザ！」

「ジュノ！」

俺は、無意識のうちに馬車へと向かって駆け出していた。停《と》まった馬車から飛び降りた、満面の笑《え》みのエルザ。俺は、人目をはばからずエルザの華奢《きゃしゃ》な体を抱きしめた。抱きしめたエルザから、ふんわりとした太陽の匂いがした。

「ジュノ。私ね。あなたに逢いたくて、仕方がなかったの」

「俺も、お前のスープが飲みたくて仕方がなかった。後で作ってくれよな」

ケイゴとユリナが少し遠い距離《きょり》から生温かい目で俺たちを見ていたが、俺は全く気にならなかった。


……


それからエルザは、次々と建物が完成していくイトシノユリナで宿屋を開くことになった。暖かい場所所で、酒を飲みながら美味い料理を食う。みんなにとって、これ以上の贅沢《ぜいたく》はなかった。

俺は、エルザの作ったしょっぱいスープを飲む。疲れた心に染《し》み渡《わた》る味。蒼の団の連中にも、このスープは好評だったりする。

エルザとは手紙でやりとりをしていたが、長く逢えないというのは想像以上に厳しいものがあった。他の男に取られるのではないかとか、変な妄想《もうそう》をどうしてもしてしまうものだ。

でも、これで安心だ。エルザはすぐ手を伸《の》ばせば、物理的に届く距離にいる。有象無象がエルザに手を出そうものなら、この剣《けん》のサビにしてやることもできる。

今日は、エルザの太陽の匂いのする身体《からだ》を抱きしめて、眠《ねむ》りにつこう。きっと、良い夢が見られるはずだ。

俺はスープに映る、見慣れた無精髭《ぶしょうひげ》の生えた男の顔を眺《なが》めながら、世界で一番幸せなことを考えていた。

キシュウ2

俺は今、レスタの町で蒼の団で保護した子供の命を救うという仕事をしつつ、町医者の仕事も続けている。

最近、モンスターの大群がレスタの町を襲った。大群の中には、コボルトキングやレッサードラゴンのような強敵がいた。そして何よりも敵は圧倒《あっとう》的な数だった。俺たちは死を覚悟《かくご》したが、全員の力で何とか勝利を収めることができた。

ケイゴオクダは何と、その武功により、国王から騎士貴族の身分と領地を与えられることになった。レスタの南の地、ボーラシュ平野。そこにイトシノユリナという町ができる。レスタの町ではもっぱらの噂《うわさ》となっていた。

蒼の団の団員と保護した子供たちは、そちらへ移住することになった。エルザの宿屋に木と布で作ったテントを立てて、子供たちに寝泊まりをさせているような状況だ。蒼の団は、他の町の困っている子供たちも救う方針だという。これからも、保護する子供の数は増え続けるだろう。圧倒的に土地が足りていない。

イトシノユリナという新しい町の建設と移住は、保護した子供たちのことを考えれば賢明《けんめい》な判断に違いなかった。


……


俺は、イトシノユリナに移住するかどうかの決断を迫《せま》られていた。

レスタの町には長く世話になった。愛着もある。レスタを出ることには、少しばかり抵抗《ていこう》がある。

しかし、俺は医師としてのポリシーを曲げてまで、死にゆく子供たちを保護する蒼の団に協力した。そしてそれは、行動しなければ一生後悔《こうかい》する類《たぐい》のものだった。

俺たちがどれだけ頑張《がんば》ろうと、この国から保護すべき子供がいなくなることは恐らくない。

それでも、ぐちぐちと言い訳ばかりして何も行動しない自分と、見返りを求めずに子供たちの命と向かい続ける自分。その二つを比べたときに、どちらの自分でありたいと思うのかなど、考える

までもないことだ。これは俺の生き方の問題だ。

シンプルに自分がどうしたいのか。それだけの話だ。そして俺は、子供の命と真正面から向き合う蒼の団に、これからも関わりたいと思う。

何より、あのまだまだ未熟だが不思議な魅力《みりょく》がある男。ヤツの一言で、蒼の団の連中が自主的に動き、結果的にレスタの町で子供たちが救われた。

未熟が故《ゆえ》、サブリナという少女を危《あや》うく死なせるところだったヤツは、地面に頭を擦《こす》り付け、俺の医療《いりょう》技術を学びたいと言ってきた。そして今回も、ヤツに頭を下げられ「どうか力を貸してください」と頼まれた。

レスタの町には俺の他にも医者はいるので、俺がいなくてもそちらで治療《ちりょう》を受けることはできる。そして、ヤツに医療技術を教えることで子供たちが救われる。

それだけでも結論は出ているのだが、もっと大きな理由がある。ヤツはこれからもっと何か大きなことを成し遂げる予感がする。

俺は師というよりも一人の人間として、ヤツのこれからを見届けたいと思った。

k - 206

俺は秘書となったメアリーから、ランカスタ語を教えてもらっていた。

正確には、鑑定スキルのお陰《かげ》でライティングとリーディングは既《すで》にできていたので、口頭での会話の手ほどきを受けていたということになる。

そして授業を受け続け、今日で概《おおむ》ね一か月が過ぎていた。

今まで俺は、口頭でのコミュニケーションを意図的に覚えないようにしていた。筆談ができれば、後はジェスチャーコミュニケーションで大抵《たいてい》の用は足りた。そして一番の理由は、そうしたコミュニケーションが不十分な状態が、俺にとって心地好《ここちよ》いものだったからだ。

『言葉を選ぶ必要がない分、逆に気楽で心地好い。酒を一緒に飲むにしても、何の気兼《きが》ねもいらないのが嬉しい』


こちらの世界にきた当初、マルゴやジュノ、サラサと付き合う中で、俺はそんな風に考えていた。

しかし、そんなことはもう考えてはいられないと思った。

先日のレスタの町の南門での戦い。俺は、愛する者を守るため、やむを得ずリーダーシップをとった。そこには、俺の判断に人の命がかかっているという責任が確かに存在していた。そしてイトシノユリナの領主を引き受けた以上、これからもリーダーシップをとらなくてはいけない場面は必ずやってくる。

言葉が話せないなど、俺の判断能力以前の問題だ。だから俺は、もう自分の殻《から》に閉じこもるのはやめにしようと思った。

何よりも、もっと親友たちと語らってみたい。きっと口頭でのコミュニケーションが出来れば、彼らの新しい側面を知ることができる。それはきっと楽しいものに違いない。

元々語学の習得は得意だった。それに、妻や親友たちが日常的にランカスタ語を話しており、簡単な言葉であれば理解できていた。

口頭でのランカスタ語でのコミュニケーションを覚えるのに、一か月もあれば十分だった。

秘書のメアリーも、俺の語学の上達ぶりに驚《おどろ》いていた。


……


語学をメアリーから教わる傍《かたわ》ら、俺はメアリーと雑談することも多かった。

俺はメアリーから雑談の中で何気ない話を聞き、語学はきちんと覚えなければいけないとしみじみ思った。それは、魔法についての原理原則の話だった。

メアリーによると、魔法とは次のようなものであるそうだ。

精霊《せいれい》の力を引き出して物理法則に干渉《かんしょう》するのが魔法である。

精霊は魔力を集め、より大きな存在になろうとする性質がある。魔法を使う際に魔力を消費するのは、精霊が力を貸す代償《だいしょう》という意味がある。

精霊はそこここに数多《あまた》存在する。

代表的な上位精霊の例としては、火属性イフリート、水属性リヴァイアサン、氷属性シルヴァ、雷属性トール、土属性ティターン、風属性ジン、光属性ウィル、闇《やみ》属性テネブ、聖属性マリス、不死属性リッチなどが有名なところである。

精霊の頂点に君臨するのが、精霊王イグドラシル。この世界には勇者と魔王が一人ずつ存在する。この勇者と魔王だけが精霊王イグドラシルとの回路《パス》を繋《つな》ぐことができ、同時に二つ以上の属性を混合した複合魔法を使用することができる。

俺が使うウインド、アイス、ライトの魔法は、名もなき下位精霊の力を借りて発動したものである。

そしてこれらの情報は、幼い子供でも知っているような話であり、特に勇者や魔王の話は、親が幼い子供に聞かせるお伽噺《とぎばなし》として、最もスタンダードなものであるそうだ。

k - 207

町づくりを開始して、一か月以上が過ぎた頃。

概ね居住に必要な環境が調《ととの》ったイトシノユリナに、蒼の団で保護した子供たちや、町の運営に必要な官吏、入植希望者が続々とやってきた。

俺は、マルゴとサラサに次のような提案をした。

「子供たちに、ファイアダガー、ウォーターダガーのどちらかを与えてはどうだろうか?」

子供たちは、俺たちに保護され命を救われた。しかし、いつまでも保護される立場でいるわけにはいかない。いつか必ず大人となり、自立する日が来る。俺たち大人がすべきなのは、子供たちの背中を後押《あとお》ししてあげることなのではないだろうか。

ファイアダガーとウォーターダガーは、生活道具として非常に優秀《ゆうしゅう》だ。屑鉄《くずてつ》から得られるような金属と廉価《れんか》なアイテムで製作でき、ローコストなのも良い。これらのどちらかを、子供たちにプレゼントするというのは良いアイデアだと思う。マルゴとサラサは、俺の提案を全面的に受け入れてくれた。

蒼の団の本部施設《しせつ》にて、俺の目の前にファイアダガーとウォーターダガーが山のように積まれていた。俺は一列にきちんと並び、キラキラとした目を俺に向けてくる子供たちに、二つのうちどちらかを選んでもらい渡していった。

シャーロット1

私はシャーロット。ゼラリオン教のシスターであり、レスタの町では異端審問官《いたんしんもんかん》、徴税官《ちょうぜいかん》を任されている。

そして神父ゴライアスは、私に新たな任務を命じた。

ケイゴオクダが貴族として統治者となる町イトシノユリナ。そこで、神ゼラリオンの教えを広めるとともに、徴税官として神の御意思を執行《しっこう》するという名誉《めいよ》ある職務。

私は神ゼラリオンのお導きに感謝し、身支度を整えると、イトシノユリナへ行く馬車に乗り込んだ。

……

「シャーロットちゃん、お菓子《かし》食べる？」
「金髪に碧《あお》い目！　なんて可愛《かわい》らしいのかしら！　まるでお人形さんみたい！」
「私の妹にしたい！」

馬車の中は、「子供は絶対に近づいてはいけません！」とゴライアス様から口を酸《す》っぱくして言われていた、歓楽街という場所で働くお姉さま方が沢山乗っていた。私は、お姉さま方に抱きつかれたりして、もみくちゃにされた。これも神ゼラリオンが与えたもうた試練に違いないわ！

長かった試練がようやく終わりを告げた。イトシノユリナが見えてきたのである。
私は、もみくちゃにされて飛びはねていた髪の毛を櫛《くし》ですいて調えた。神ゼラリオン様の代行者は身なりもキチンとしていなければならない。イトシノユリナの門では、ケイゴオクダがこちらに向かって手を振っていた。

建物が建ち、人がどんどんやって来る。イトシノユリナは着々と町の体を備えていた。

サラサには、ゲルニカ陛下から与えられた金貨一〇万枚の管理運用を任せた。つまり、サラサは商人であると同時に、財務官に相当する官吏の顔も併《あわ》せ持っていた。

徴税官として、シャーロットちゃんもやってきた。彼女《かのじょ》は敬虔《けいけん》なシスターでもあるので、今は簡易的に建てた教会に住んでもらっている。

また、冒険者ギルドマスターであるシュラクさんの協力により、冒険者ギルドを設立した。レスタの町に倣《なら》って、冒険者ギルドには解体屋も併設《へいせつ》した。

モンスター被害《ひがい》や犯罪被害から町の治安を守るためには、冒険者ギルドだけでは足りない。この点俺たちは既に、蒼の団というマルゴを団長とした自警組織を有していた。蒼の団は騎士貴族ケイゴオクダの正式な兵士団となった。

奇妙《きみよう》なことがあった。蒼の団の証《あかし》である、ブルーウルフの毛皮のブレスレットをした者は、なぜかブルーウルフに騎乗《きじよう》することができたのだ。

ブルーウルフたちは、俺たちをモンスターの脅威からいつも守ってくれている。

きっとブルーウルフたちからすると、アッシュと俺のいる場所が彼らの守るべきテリトリーということなのかもしれない。レスタの町近郊《きんこう》にある俺の小屋だったテリトリーが、今はイトシノユリナの町に変わったということだろうか。ブルーウルフたちはイトシノユリナの者にとってはもはやモンスターではなく、愛すべきパートナーとなっていた。

俺は蒼の団の団員とブルーウルフをペアにすることにした。

ジュノの指揮の下、団員それぞれに特定のブルーウルフとペアを組んでもらい騎乗してもらった。団員たちは、自分の相棒であるブルーウルフに各々名前を付けてあげていた。

ブルーウルフに騎乗した、いわばブルーウルフ隊とも言うべき戦力が出来たので、俺は古来の戦法である、『鶴翼《かくよく》の陣《じん》』や『魚鱗の陣』という考え方をジュノに伝え訓練してもらった。

一方で、マルゴは蒼の団の団長職を務める傍ら、鍛冶工房《こうぼう》の親方となっていた。

保護した子供たちや移民たちの中から、マルゴの鍛冶工房で働きたいと申し出る者が出てきた。

マルゴの鍛冶工房では仕入れたヘルハウンドの素材で、以前俺が作ったヘルファイアソードを見本に量産してもらった。完成したヘルファイアソードは、蒼の団の標準装備にすることとした。

蒼の団のブルーウルフ隊には、町の警護や商隊の護衛、イトシノユリナ近郊の探索《たんさく》などの任に当たってもらった。

ジュノ15

俺はジュノ。

騎士貴族ケイゴオクダの直轄《ちょっかつ》兵士団、蒼の団の副団長をやらせてもらっている。もっとも、団長であるマルゴは鍛冶職人勢の親方なので、武力関連は全て俺が取り仕切っている。

貴族直轄の兵士団である俺たちは、イトシノユリナを守るという任務を負っている。それには、町の巡回《じゅんかい》警備、門衛、定期的なモンスター討伐に加え、商隊の警護も含まれる。


そして、ある日のこと。

ブルーウルフに乗り、サラサ商会の商隊を警護していた俺たちを五人の盗賊《とうぞく》が襲った。当然そんな輩《やから》は、拘束《こうそく》してイトシノユリナに連れ帰った。

商隊がイトシノユリナに到着すると、ケイゴとマルゴ、教会のシャーロットちゃんが話を聞きつけやってきた。

「こいつらどうする？　商隊を襲ったという罪で、首をはねるか？」

と俺。

「うーん。ケイゴが書いてくれた刑法《けいほう》には盗賊のことは書いてあったか？」

ジョリジョリとアゴに手をやったマルゴが、六法と表紙に書かれた本を開き、頭を悩ましていた。

「ランカスタ王国の取り決めでは、領内の法は領主である俺が決める権限がある。町中で想定される争いごとは、大抵のものは法律の形にしたが、商隊が盗賊から襲われたケースというのは明確には記載《きさい》していなかったな。既にある刑法の強盗《ごうとう》未遂罪《みすいざい》の規定を適用することもできそうだが」

ケイゴはよくわからないことで頭を悩ませているようだ。男三人が、雁首揃《がんくびそろ》えて頭を悩ませていると。

「皆様《みなさま》、わたくしにお任せになって。必ずやこの不埒者《ふらちもの》どもを改心させてご覧にいれますわ」

金髪碧眼《へきがん》美少女のシャーロットちゃんが、年相応の無邪気《むじゃき》な笑顔《えがお》でそう言った。

「そこまで言うのなら、任せてみるか」

ケイゴはそう言った。俺たちはとりあえず、彼女に盗賊たちの処遇《しょぐう》を任せてみることにした。


……


五人の盗賊を連れた俺たちは、シャーロットちゃんの教会に来ていた。

五人の盗賊には、拘束具として足鎖、手鎖、首鎖がされている。

一体何をするというのだろうか?

シャーロットちゃんが、『愛のお説教部屋』という札の書かれた扉《とびら》をキーっと静かに開けた。中を覗《のぞ》き込んだ俺たちは、戦慄《せんりつ》した。

そこには、ムチやペンチ、千枚通しなど。多種多様の拷問《ごうもん》器具が並べてあった。愛のお説教部屋からは、風に乗ってすえたような臭《にお》いが漂《ただよ》ってきた。カンテラに照らされた部屋の地面に、こびりついた血の跡《あと》が生々《なまなま》しく残っており、陰鬱《いんうつ》な雰囲気を醸し出していた。

「さっ。お一人ずつ、そうね、貴方《あなた》からにしましょう。他の皆様は礼拝堂の方でお待ちください」

ガシッ

シャーロットちゃんは純粋無垢《じゅんすいむく》な青いキラキラとした瞳《ひとみ》を輝《かがや》かせて、力強く盗賊団の頭領の首鎖を掴《つか》んだ。

キー　パタン

顔面蒼白《そうはく》になった盗賊団の頭領は、愛のお説教部屋へと連行されていった。

……

礼拝堂まで響き渡る、恐怖《きょうふ》に満ちた男の大絶叫《だいぜつきょう》。しかしそれは、途中《とちゅう》から歓喜《かんき》の声へと変わっていった。

俺たちは頭が真っ白になりながらも、礼拝堂の椅子に座り、頭領とシャーロットちゃんが奏《かな》でる二重奏を聴《き》いていた。そうすること、小一時間。

キー　パタン

シャーロットちゃんと頭領の二人が、愛のお説教部屋から出てきた。

それまで凶悪《きょうあく》な犯罪者の目をしていた頭領は恍惚《こうこつ》とした表情を浮かべ、全ての悟《さと》りを開いたかのような、つぶらな瞳をしていた。ムチの生傷や、剥《は》がされた爪《つめ》。よほどの恐怖を味わったのだろう、髪の毛が一部白髪《しらが》になっている。そして、俺たちは再び戦慄した。

「おお神よ！　絶対神ゼラリオン様よ！　どうか下賤《げせん》なる私めにお情けをっ！」

そう言った盗賊団の頭領は、神像の前で土下座し、地面に頭をこすりつけ、むせび泣いた。

「貴方の改心した姿は、ここに神ゼラリオン様に届きました。今後、貴方の行動は常に神が見られているということを肝《きも》に銘《めい》じなさい。水の精霊ウンディーネよ、顕現《けんげん》せよ。ウォーターヒール」

シャーロットちゃんの水色に発光した手が、頭領の肩《かた》に触《ふ》れる。すると水色の光が頭領を包み、みるみる生傷が癒《い》えていった。

「おお神よ！　これが神ゼラリオンの聖なるお力か！　おおお‼」

神の力の一端《いったん》に触れた盗賊団の頭領は、感動のあまり膝《ひざ》から崩《くず》れ落ち、顔を両手で覆《おお》い打ち震《ふる》えた。そして、一連の出来事を見守っていた俺たちを振り返るシャーロットちゃん。

「さっ！　次はどなたにしようかしら？」

無邪気でキラキラとした碧眼を輝かせて、極上《ごくじょう》の笑顔でそう言い放った。カタカタと手足を震わせる、盗賊団の部下A、B、C、D。

ガシッ

そして、盗賊Aの首鎖を無言でつかみ連行するシャーロットちゃん。恐怖に顔を引きつらせ涙を浮かべながら、いやいやと首を振るが、彼に拒否権《きょひけん》はなかった。

キー　パタン

そして、その日教会の礼拝堂には、盗賊たちの恐怖と歓喜の絶叫が響き続けた。
それから、何度か同じようなことが繰《く》り返された後、すっかり改心した五人は町の外に解き放たれることとなった。

……

「洗脳」
帰り際《ぎわ》、ポツリとケイゴが呟いた。センノウ？　俺は、ケイゴの呟いた言葉を聞き取りはできたものの、その意味を理解することはできなかった。

その後、俺たち蒼の団の旗を掲《かか》げた商隊を襲う盗賊団は皆無《かいむ》となった。

第五章　大滝ダンジョンの発見

shousyaman
no
isekai survival

k
-
209

教会での一件があった翌日。

シャーロットちゃんにあんな裏の顔があったなんて。俺《おれ》は昨日のことを思い出し背筋が寒くなった。

悪意の全くなさそうな美少女だけに、恐《おそ》ろしさが二倍増しになっていた気がする。

ゼラリオン教だったか。彼女《かのじょ》が一人で、恐ろしい拷問《ごうもん》技術を身に付けたとは、少し考えにくい。おそらく、レスタの町にいたゴライアス神父が教えたのではないだろうか。ゼラリオン教は本当に大《だい》丈《じょう》夫《ぶ》な宗教なのだろうかと、俺は改めて疑問に思った。

一〇：〇〇
そんなことを考えながら、朝の鍛練《たんれん》と朝食を終える。
丘《おか》の上の領主の城は未《いま》だ建設中であり、俺たち家族は居住区画にある木造の家で寝泊《ねと》まりしていた。
丘の上では職人たちが石材や木材を運び込《こ》んで、築城作業に当たっている。サラサから城の設計図を見せてもらったが、かなり大きな建造物で相当な時間がかかるものと思われた。

一一：〇〇
特段やることはない。しかし何もしないというのも性《しょう》に合わないので、薪割《まきわ》りをすることにした。

すると探索《たんさく》に出ていたはずのジュノが、ブルーウルフに乗ってやってきた。

「ケイゴ、報告だ。町の西方面で新しいダンジョンを発見した。ダンジョンの危険度合いを見極《みきわ》めたいのだが、万全《ばんぜん》を期したい。いざとなれば、グラシエスノヴァで強敵を倒《たお》せるケイゴにも力を貸してほしい」

俺は、斧《おの》を切り株に立てかけ、汗《あせ》をタオルで拭《ふ》きつつ。

「わかった。装備を調《ととの》えてくるから、家の中で少し待っていてくれ」

俺はそう答えた。

一三：〇〇

イトシノユリナの西方面に向かうと、目の前に巨大《きよだい》な滝《たき》が現れた。

コボルトキング素材の武器防具を装備した俺はブルーウルフを駆《か》り、ジュノの案内により新しく発見されたというダンジョンへと向かった。

そして目の前に、落差二〇〇メートルはあろうかという巨大な滝が現れた。凄《すさ》まじい轟音《ごうおん》とともに、水しぶきが舞《ま》っている。この大滝はピネウスの大滝という名だそうで、その大滝の奥《おく》に、ダンジョンの入り口を発見したとのこと。

見ると、ブルーウルフ隊の隊員五名が、ダンジョン入り口を見張っていた。

「このダンジョンは未発見ダンジョンなのか？」

俺は、ブルーウルフから飛び降りたジュノに問う。

「サラサの伝手《つて》で、町近隣《きんりん》の地図は集められるだけ集めているが、ここのダンジョンの情報はなかった。恐らく手付かずのダンジョンだと思う」

ジュノは真剣《しんけん》な顔でそう言った。

「……」

俺は、バイエルン様がヤンチャしていた頃《ころ》、一緒《いつしよ》に森のダンジョンに突撃《とつげき》して惨憺《さんたん》たる目に遭《あ》ったことを思い出していた。

「きっと危険はないと言いたいところだが、ダンジョンはモンスターが生まれ落ちる場所と言われている。地上にいるモンスターよりも危険なモンスターが多いのはそのせいだとも。イトシノユリナの治安を預かる俺としては、嫌《いや》な発見でしかないというのが正直な感想かな」

ジュノは肩《かた》をすくめ、そう言った。

「どちらにせよ放《ほう》っておけないってことか。嫌だなあ。モンスターの巣窟《そうくつ》に入りたがる冒険者《ぼうけんしゃ》の気持ちが、俺には全く理解できない」

俺は心底嫌そうに言った。

「愚痴《ぐち》っても仕方ないさ。部下も待っていることだし、嫌なことはさっさと済ませよう」

爽《さわ》やかな笑顔《えがお》でそう言ったジュノは、俺の背中を大滝ダンジョンの方に向けて押《お》したのだった。

k‐210

大滝ダンジョンに入ると、そこかしこに紫色《むらさきいろ》のクリスタルの結晶《けっしょう》が地面に生えており、淡《あわ》い光を発していた。実に幻想《げんそう》的な光景だ。ここがダンジョンでなければ、ユリナさんとデートをしたいところだ。

俺たちは魔核《まかく》カンテラを片手に、注意深く静かにダンジョン内を進む。天井《てんじょう》から水が滴《したた》る音が、ダンジョン内に反響《はんきょう》している。

なだらかな傾斜《けいしゃ》を下っていくと、奥にはどうやら広大な空間があるようだった。鑑定《かんてい》の使える俺は、注意深く壁際《かべぎわ》から広間を覗《のぞ》く。広間の奥に、巨大な何かが動いたような気配がした。

その旨《むね》をジュノたちに小声で伝え、俺たちはその正体を突《つ》き止めることにした。

広間の奥へと身を低くしながら、俺たちは進む。

そして、淡いクリスタルの光に映し出されたのは、岩のようにゴツゴツとした皮膚《ひふ》の巨大なモンスターだった。まだ、こちらに気が付いていないようだ。俺は、盾《たて》とグラシエスの牙《きば》をモンスターに向けつつ、鑑定をした。

【アースドラゴン：地属性の中位の竜《りゅう》。竜種の鱗《うろこ》による高い物理防御力《ぼうぎょりょく》、魔法《まほう》防御力。あらゆる状態異常耐性《たいせい》と強力なブレス攻撃《こうげき》を有する。保有スキル、地竜《じりゅう》の息吹《いぶき》、地竜《ちりゅう》の障壁《しょうへき》。地竜の息吹発動中および発動後、地竜の障壁は解除される。体力１５２３、魔力《まりょく》１２８２、気力１１３４、力１４２１、知能１３２１、器用さ１１９８、素早《すばや》さ９６７】

そのモンスターはドラゴンだった。桁違《けたちが》いのステータスだ。

俺たちの存在に気が付いたアースドラゴンは、口を少し開ける。中に黄金色に輝《かがや》く粒子《りゅうし》が集まっていく。

「ヤバイ！　ブレス攻撃が来るぞ！　全員退避《たいひ》！」

俺は、ジュノたちに向かって大声を張り上げる。と同時に、グラシエスの牙に魔力と気力を込める。

ゴパアアアア

キーン　ドパアアアアア

そして、アースドラゴンが地竜の息吹をぶっ放すのと、俺がグラシエスノヴァを発動したのは同時だった。

ぶつかり合う光の奔流《ほんりゅう》。俺は、グラシエスの牙に魔力と気力を込め続けた。そして二つの力が互《たが》いを相殺《そうさい》しつつ爆発《ばくはつ》した。

爆発を予想しておらず無防備だった俺は、爆風と衝撃波《しょうげきは》にもみくちゃにされながら、後ろに吹《ふ》き飛ばされた。意識は何とか繋《つな》ぎ止めることができた。辺りを見ると、広間には朦々《もうもう》とした土煙《つちけむり》が立ち込めていた。

コボルトキングシリーズの防具がなければ、今の爆風と衝撃波で死んでいたかもしれない。

土煙でアースドラゴンの姿が見えない今がチャンスだ。後ろを見ると、退避していたジュノたちも何とか無事だったようだ。逃《に》げるなら、今しかない。

「ジュノ！　逃げるぞ！」

「おう！」

俺たちは、大滝ダンジョンから逃げ出した。

k-211

二〇：〇〇
ほうほうの体《てい》で逃げ帰った俺たちは、エルザの酒場でアースドラゴン対策について作戦会議をしていた。会議には、鍛冶《かじ》仕事を終えたマルゴも同席していた。

エルザや従業員たちが忙《いそが》しそうに、酒場の中を飛び回っている。

とりあえず、俺たちは酒場の料理で腹を満たした。エルザ特製のスープを飲んで、腹が減っていたことを思い出した。

飯を食った後。俺は、アースドラゴンを鑑定した結果を紙に記載《きさい》し、全員に見てもらった。

「これ、無理じゃないか？　そっとしておいた方が良いのでは」

紙に記載されたステータスや情報を見た瞬間《しゅんかん》、全員が全員、同じ感想を口にした。

「いや、危険なモンスターが近くのダンジョンにいるということは、そのモンスターが町を襲《おそ》う可能性を考えなければいけない。今日巣を突っついてしまったのだから、怒《おこ》ってこの町を襲って来ることもあり得る」

俺は意見を言った。

「確かに巣の近くに、こんなに沢山《たくさん》の人間がいる。アースドラゴンからすれば、格好の狩場《かりば》だろうね」

ジュノも同意した。

「とはいえ、俺のグラシエスノヴァでも、奴《やつ》のブレス攻撃を相殺することしかできなかった。このステータスや情報からして、この技《わざ》だけで倒すのは難しいだろう」

俺は言う。マルゴがステータス表を見ながらジョリジョリとアゴをさすり、何かを考えている様子だ。

「うーむ。何かこう頭の中で引っ掛《か》かっている気がする。……待てよ？　ケイゴ。この前俺に見せてくれた、アレの鑑定結果をもう一度見せてくれないか？」

それから俺たちは、とあるアイテムの鑑定結果、そして、アースドラゴンの鑑定結果を穴が開くほど見つつ、アースドラゴン対策について議論を交《か》わした。

k - 212

強力なアースドラゴンを目の前にし、逃げ帰った日の翌日。

昨日のメンバーにマルゴを加えた面々が、再び大滝ダンジョンを目の前に立ち尽《つ》くしていた。

実に清々《すがすが》しいダンジョン攻略日和《こうりゃくびより》である、と言いたいところではあるが、実際のところ俺にはそんな余裕《よゆう》など欠片《かけら》もない。

「なんで俺は、こんな所にいるハメになっているんだ？」

俺は、率直《そっちょく》な感想を言う。

「知らねえよ。うだうだ言ってないで、行くぞ！」

ジュノが呆《あき》れたようにそう言い、先陣《せんじん》を切った。やはり行かないと駄目《だめ》か……。

そして、俺たちは紫色のクリスタルで彩《いろど》られた、幻想的なダンジョンの中へと足を踏《ふ》み入れた。

ズシン　ズシン

ダンジョン広間前のスロープで耳を澄《す》ませば、微《かす》かな重低音が聞こえる。

「うう……。胃が痛くなってきた」

「大丈夫だ、ケイゴ。作戦通りやれば倒せるさ」

ジュノさんや。その「大丈夫」には、何か根拠《こんきょ》でもあるのかね？

「よし皆《みんな》、手はず通り頼《たの》むぞ！」

ジュノがそう言い、マルゴとブルーウルフ隊の面々が静かに頷《うなず》く。そして先陣を切る手はずとなっている俺へ、全員の眼差《まなざ》しが向けられる。俺は人差し指で頬《ほお》をかきながら、やっぱりやらなきゃ駄目だよなあと、この期《ご》に及《およ》んで考えていた。

ガシッ

マルゴが無言でオレの肩を力強く掴《つか》み、背中を押した。ったく、わかったよ。

俺は、グラシエスの牙と盾を構え、アースドラゴンへと向かった。

広間に入った俺は、一人身を低くして足音のする方へと進む。ランタンは消したので、足元で淡い輝きを放つクリスタルの光だけが頼《たよ》りだ。

――ヤツがいた。

で、でかい。体長は余裕で一五メートルはあると思われる。

【アースドラゴン：地属性の中位の竜。竜種の鱗による高い物理防御力、魔法防御力。あらゆる状態異常耐性と強力なブレス攻撃を有する。保有スキル、地竜の息吹、地竜の障壁。地竜の息吹発動中および発動後、地竜の障壁は解除される。体力１５２３、魔力１２８２、気力１１３４、力１４２１、知能１３２１、器用さ１１９８、素早さ９６７】

俺は無意識に鑑定を発動していた。昨日と同じ個体のようだ。

ジャリッ

しまった、足音を立ててしまった。

ゆっくりと歩いていたアースドラゴンの巨体《きょたい》の動きが止まり、ギロリと目が俺の方へと向いた。げ。目が合った。そして敵意剥《む》き出しのアースドラゴンは、ブレスのモーションに入った。

俺は仕方なく、右手に握《にぎ》りしめていたグラシエスの牙に魔力と気力を込めた。

ゴパアアアア

キーン　ドパアアアア

そして、アースドラゴンが地竜の息吹をぶっ放すのと、俺がグラシエスノヴァを発動したのは、同時だった。光の奔流が放たれた瞬間、俺の横を複数の影《かげ》が通り過ぎていった。

作戦その一

【保有スキル、地竜の息吹、地竜の障壁。地竜の息吹発動中および発動後、地竜の障壁は解除される】

アースドラゴンには、地竜の障壁なるスキルがある。恐らく生半可な攻撃は通用しないものと思われる。そこで、あえて地竜の息吹を撃たせて、俺がグラシエスノヴァで相殺している間に、他《ほか》のメンバーがアースドラゴンの側面に回り込む。そして、地竜の障壁が解除される瞬間を狙《ねら》って、遠《えん》距離《きより》攻撃を仕掛《しか》けるという作戦だ。

敵左側面に展開したマルゴとブルーウルフ隊の面々が、地竜の障壁が解除されたアースドラゴンに遠距離攻撃を開始した。ブルーウルフ隊はヘルファイアソードによる火炎《かえん》攻撃。マルゴは風属性の斧から放たれる、衝撃波攻撃だ。

マルゴたちが攻撃を開始するのと、拮抗《きつこう》していた地竜の息吹とグラシエスノヴァが爆発するのは同時だった。

爆風が俺を襲うが、今回は予想していた。俺は、コボルトキング素材の盾でガードし何とか耐《た》えた。

そして、アースドラゴンの方を見ると、マルゴたちが引き続きアースドラゴンの左側面に対し遠距離攻撃をしていた。アースドラゴンは、マルゴたちにターゲットを移したようだ。

作戦その二

【ゾディアック毒：猛毒《もうどく》。レジストするには毒耐性Lv13が必要。別名、竜殺し】

マルゴたちの遠距離攻撃は陽動だ。本命の攻撃手段は『別名、竜殺し』との記載があるゾディアック毒だった。高いステータスと物理防御《ぼうぎょ》、魔法防御。『あらゆる状態異常耐性を有する』アースドラゴンに対する有効な攻撃手段はないと思われた。しかし、倉庫の管理をしていたマルゴが、厳重に保管していた『竜殺し』の存在を思い出してくれたのだ。

グルアアアア！

大きく口を開けて、マルゴたちを威嚇《いかく》するアースドラゴン。

そして、マルゴたちとは逆方向、右側面からアースドラゴンに気配を消して近づく人影《ひとかげ》があった。

それは、ゾディアック毒の詰《つ》まった瓶《びん》を槍《やり》の穂先《ほさき》にくくりつけたジュノだった。

アースドラゴンはマルゴたちに注意を向け、ジュノに気が付かない。そして、ジュノは大きく口を開けたアースドラゴンへ向け、槍を投擲《とうてき》した。槍がアースドラゴンの口の中に吸い込まれていった。

グルアアアアアア！

槍ごとゾディアック毒の瓶を飲み込んだアースドラゴンの動きが明らかにおかしくなった。もがき苦しみ、暴れまわるアースドラゴン。一撃《いちげき》でも食らえばお陀仏《だぶつ》となる。俺たちはアースドラゴンから距離をとり、様子を窺《うかが》った。そしてついに。

ズシーン

横倒《よこだお》しになったアースドラゴンの目から、光が失われていった。

『個体名：奥田圭吾《おくだけいご》は、Ｌｖ25になりました。体力57↓60、魔力47↓51、気力48↓52、力58↓62、知能96↓98、器用さ59↓63、素早さ58↓61』

『個体名：奥田圭吾は、Ｌｖ26になりました。体力60↓64、魔力51↓54、気力52↓55、力62↓65、知能98↓１０１、器用さ63↓65、素早さ61↓66』

『個体名：奥田圭吾は、Ｌｖ27になりました。体力64↓67、魔力54↓57、気力55↓58、力65↓69、知能１０１↓１０３、器用さ65↓69、素早さ66↓70』

『個体名：奥田圭吾は、Ｌｖ28になりました。体力67↓70、魔力57↓61、気力58↓63、力69↓72、知能１０３↓１０５、器用さ69↓71、素早さ70↓73』

俺たちは、アースドラゴンに勝利したのだった。

k - 213

一六：○○
アースドラゴンを倒した後も、一苦労だった。
町へブルーウルフ隊の隊員を走らせ、解体屋数名を連れて来させた。それから、アースドラゴンの解体をし、大量の素材を全員で町まで持ち帰るという作業が、とんでもなく大変だった。
【ドラゴンクリスタル：長期間、竜の魔力を浴び続けた紫色のクリスタル。魔力を内包している。身に着けた者に各種属性耐性（極小）、状態異常耐性（極小）。竜鉄の素材】
俺はアースドラゴンの解体を待つ間、足元で光っていた紫色の水晶《すいしょう》を何となく鑑定してみた。すると、その水晶は特殊《とくしゅ》な鉱石のようだった。俺はドラゴンクリスタルを採取し、持ち帰ることにした。
二〇：○○
精魂《せいこん》尽き果てた俺は、イトシノユリナの我《わ》が家に帰るなりベッドに倒れ込むと、一瞬で気を失ったように眠《ねむ》りに落ちた。

……

翌朝、装備を着けたまま眠ってしまったせいか、はたまた戦闘《せんとう》の疲労《ひろう》のせいか、俺は全身筋肉痛となっていた。あまりの痛みにギクシャクとした動きをしていた俺に対し、ユリナさんが、「お風呂《ふろ》を沸《わ》かしたから入ってきて。上がったら、朝食にしましょう」と言ってくれた。俺はその言葉に甘《あま》えて、風呂に入って疲《つか》れをとることにした。

湯船一杯《いっぱい》に張られた湯にゆっくりとした動きで入る。ザザーと湯が外にあふれ出る。深く息を吐《は》くと同時に、一気に筋肉がほぐれていくのを感じた。

今日は一日ダラダラしよう。そう決めた。

風呂で身綺麗《みぎれい》になった俺は、ユリナさん、ターニャと一緒に朝食をとる。「まんまちょーだい！」と俺の足をタシタシしている可愛《かわい》いアッシュにも、朝食を分けてやった。食後は、ゆったりとマーブル草のハーブティーを飲んで落ち着く。

それから俺は、ハーブティーを飲みながら書き物をすることにした。紙に大滝ダンジョンの位置や構造、出現モンスターであるアースドラゴンの特徴《とくちょう》や弱点、解体して得られた素材の情報、採取した鉱石の絵や特徴などを事細かく記載していく。何だかこうしていると、遺跡《いせき》の研究者か何かになったような気分になってくる。

その日、心身共に疲労困憊《こんぱい》していた俺は、大好きな書き物や読書をして一日を過ごした。

k-214

翌日。

流石《さすが》に昨日はダラダラしすぎた。今日は何か有益な作業でもしようと思った。

丁度アースドラゴンの素材を手に入れたところだ。素材で何かを作ってみよう。俺は、工業地区にある自分の鍛冶場へと向かった。

【アースドラゴンの牙：ドラゴンクリスタルと共に貴鉄を製錬《せいれん》することで、竜鉄を得ることができる。取り扱《あつか》い必要条件、鍛冶Ｌｖ10以上】

【アースドラゴンの鱗：火、水、風、土、雷《かみなり》、氷属性耐性（大）、状態異常耐性（大）、斬撃《ざんげき》耐性（大）、衝撃《しょうげき》耐性（大）、刺突《しとつ》耐性（大）。取り扱い必要条件、鍛冶Ｌｖ10以上】

鍛冶スキルのレベルは一〇に到達《とうたつ》していたはずだ。俺は、鍛冶場の中で使用する素材を次々と床《ゆか》に並べていく。

なお、アースドラゴンの血と肉はゾディアック毒に侵《おか》されていて使うことはできなかったので、非常に勿体《もったい》ないとは思うが捨てざるを得なかった。

さて、炉《ろ》は十分な温度になった。作業開始だ。

カンカンカン　ジュワー

俺は額に玉のような汗を浮《う》かべながら、貴鉄、アースドラゴンの牙、ドラゴンクリスタルを炉に入れ、魔力と気力を込め、鎚《つち》を振《ふ》るった。その結果できたのは。

【竜鉄：竜種の魔力を帯びた希少金属】

鑑定結果にあった通りのものができた。どうやら俺の鍛冶スキルレベルでも、アースドラゴンの素材を扱うことはできるようだ。

続いて俺は、竜鉄を成型し、アースドラゴンの鱗を加工して武器防具を作った。その結果できたのが。

【アースドラゴンソード：竜鉄製の剣《けん》。地竜の息吹に類似した衝撃波を放つことが可能。攻撃力《こうげきりょく》176】

【アースドラゴンシールド：竜鉄製の盾。火、水、風、土、雷、氷属性耐性（大）、状態異常耐性

（大）、斬撃耐性（大）、衝撃耐性（大）、刺突耐性（大）。防御力１２３】
【アースドラゴンアーマー：竜鉄製の鎧《よろい》。火、水、風、土、雷、氷属性耐性（大）、状態異常耐性（大）、斬撃耐性（大）、衝撃耐性（大）、刺突耐性（大）。防御力１８９】
【アースドラゴンガントレット：竜鉄製のガントレット。火、水、風、土、雷、氷属性耐性（大）、状態異常耐性（大）、斬撃耐性（大）、衝撃耐性（大）、刺突耐性（大）。防御力１０４】
【アースドラゴングリーブ：竜鉄製のグリーブ。火、水、風、土、雷、氷属性耐性（大）、状態異常耐性（大）、斬撃耐性（大）、衝撃耐性（大）、刺突耐性（大）。防御力１１２】

『個体名：奥田圭吾は、鍛冶Ｌｖ11を取得しました』
『個体名：奥田圭吾は、鍛冶Ｌｖ12を取得しました』
『個体名：奥田圭吾は、鍛冶Ｌｖ13を取得しました』

アースドラゴン素材の強力な武器防具ができた。コボルトキング素材の武器防具よりも、耐性やステータス値が圧倒《あっとう》的に高い。きっとコボルト種とドラゴン種では、格が違うということなのだろう。コボルトキング素材の武器防具もかなり強いことには違いないので、俺と体形の似通っているジュノにプレゼントすることにした。
最後に俺は余ったドラゴンクオーツを使用し、在庫にあったネックレスの石だけを付け替《か》えてみた。そして、完成したネックレスを鑑定してみる。

【ドラゴンクリスタルのネックレス：ドラゴンクリスタルがはめ込まれたネックレス。火、水、風、土、雷、氷属性耐性（極小）、状態異常耐性（極小）】

紫色の水晶は大人っぽいユリナさんに似合いそうだ。ネックレスはユリナさんへのプレゼントにすることにした。

一九：〇〇

時間を忘れて作業に没頭《ぼっとう》しすぎた。濡《ぬ》れタオルで汗やススを拭いてから、我が家に帰宅した。帰宅すると、ユリナさんが夕食を作って待っていてくれた。

ユリナさんに早速《さっそく》、ドラゴンクリスタルのネックレスをプレゼントすると、彼女は嬉《うれ》しそうにネックレスを身に着けてくれた。

「ユリナさん、とても綺麗《きれい》だよ」

「あなた、ありがとう。とっても嬉しい」

ユリナさんはそう言うと、本当に嬉しそうな笑顔になった。

こんなに喜んでもらえるなら、ユリナさんにまた何かを作ってプレゼントしたいと思った。

ジュノの母

私はナティア。
夫のゼノ、そしてジュノと名付けた五歳《さい》の息子《むすこ》との三人暮らし。夫のゼノは冒険者というモンスターと戦う危険な仕事をしていた。夫は強く、慎《つつ》ましいながらも幸せな家庭を築いていた。

ところがある日。
夫が倒れ、かかりつけのお医者様であるキシュウ先生に診《み》てもらった。キシュウ先生は淡々《たんたん》とした声で不治の病《やまい》であると私だけに告げた。そして延命措置《そち》はできるが、お金がかかることもハッキリと言われた。

——私は目の前が真っ暗になり、ただただ絶望するしかなかった。

しかしキシュウ先生は、ジュノの幼馴染《おさななじみ》のエルザちゃんのお父様であるバラックさんが町議会の議員をしていることを知っており、手紙をしたためてくださった。封《ふう》がしてあるので何が書いてあるかわからないが、それでも私は、それに縋《すが》るしかなかった。
五歳の幼いジュノと死を待つしかない夫。私には、路頭に迷う未来しか想像できず、絶望した。

私は、バラックさんの邸宅《ていたく》を訪ね、執事《しつじ》さんにキシュウ先生の手紙を渡《わた》した。

そしてすぐにバラックさんの応接室に通された。そして。

「奥さん、涙《なみだ》を拭いてください。そして、ジュノ君のためにも笑顔でいてください。娘《むすめ》の親友のご家族が困っているのです。気にせずに、頼ってください。ナティアさんとジュノ君が辛《つら》い目に遭っているのに、何もしなかったら、娘に嫌《きら》われてしまいますからな」

バラックさんは、そう言ってくれた。

私たち家族は、バラックさんの好意を受けとることにした。夫は、キシュウ先生の延命治療《ちりょう》を受けることができた。

しかし、それはあくまで延命治療でしかなかった。

あれだけ筋骨隆々《きんこつりゅうりゅう》としていた夫は、次第《しだい》にやせ細り弱っていった。

それでも、これまで冒険《ぼうけん》であまり家にいることのなかった夫との大切な時間を共有できることになった。夫はジュノに自分の冒険譚《たん》を語り、ジュノは「父ちゃん、すげーっ！」とはしゃいでいた。

——私は、この大切な時間をくれたキシュウ先生とバラックさんに感謝した。

……

ある日のこと。

私はきっと、暗い顔をしていたのだろう。夫のゼノが、いずれ死ぬ運命にあることに悲観していたのかもしれない。

椅子《いす》に座《すわ》り、何も考えられずにボーっとしていると、いつの間にか五歳の歯の抜《ぬ》けたジュノが私の膝《ひざ》の上に座り、私に笑顔を向けた。


「お母さん、笑って？」

そう言って、ジュノは私の頭を優《やさ》しくポンポンと撫《な》でてくれた。

私は嬉しい感情と、今まで溜《た》まりに溜まっていた辛《つら》く悲しい気持ちが混ぜこぜになり、気が付けば嗚咽《おえつ》を漏《も》らしていた。

「そっかあ、ジュノはなんでもお見通しなんだね。凄《すご》いね」

私は涙声《なみだごえ》でそう言った。

「お母さん、大丈夫！　僕《ぼく》がお父さんみたいに強くなって、お母さんを守ってあげるから！　だから心配しないで！」

私はひとしきり泣いた。子供は天使だというのは、誰《だれ》かが言っていたけど本当のことだと思った。泣くだけ泣いたら、凄くスッキリすることができた。ジュノはハンカチをもってきて、私の涙を拭いてくれた。

ふふふ。ジュノったら、まるで彼氏《かれし》か何かみたい。将来は、きっとモテモテに違いないわ。

はっ！　大変だわ！　この歳《とし》でこの破壊力《はかいりょく》。

まさかサラサちゃんとエルザちゃんに、二股《ふたまた》をかけていやしないでしょうね？　お母さん、心配だわ……。そんなことになったら、バラックさんに顔向けできない。

……

それからしばらくして、夫のゼノは静かに天国へと旅立っていった。

ジュノは夫の墓の前で、涙一つ流すことはなかった。

そしていつもお寝坊《ねぼう》さんのジュノは、なぜか早起きするようになった。庭先で腕立《うでた》てふせや走りこみをしたり、木刀の素振《すぶ》りをするようになった。

ジュノの記憶《きおく》

俺はジュノ。

数え年で一五歳、冒険者登録が可能な成人年齢《ねんれい》を迎《むか》えた。

準備は万端《ばんたん》。今日俺は、本当の意味で独り立ちをする。

屈強《くっきょう》な冒険者だった父ゼノは、俺が幼少の頃に他界し、母のナティアが、女手一つで育ててくれた。俺は、優しさが形になったような母さんに恩返しがしたい。


「ジュノ。あんたあまり無茶するんじゃないよ」

「心配するなよ、母さん。ほら、見てくれよ。マルゴのヤツがダガーを作ってくれたんだ。父さんの形見もあるしな！　これがあれば、どんなモンスターにも負けやしないさ！」

俺は、鍛冶見習いになったばかりのマルゴが初めて打った一本の無骨なダガーと、父の形見であるネックレスを、ナティア母さんに見せた。

ちなみに父が冒険者だった頃に使っていた立派な装備類は、生活費の足しになってしまった。

父の形見である、ほぼ全《すべ》ての状態異常耐性を少しずつ底上げすると言われる『ルグナント石のネックレス』は、母さんが暖炉《だんろ》の奥に隠《かく》しもっていた。そして成人し、冒険者として旅立つ俺にそっと差し出してくれた。

「それでも母さんは心配だよ、冒険者だなんて。もっと他に安全な仕事もあるだろうに」

うちは決して裕福《ゆうふく》ではない。エルザの父親であるバラックさんにも、恩返しをしなければならない。

これからは俺が稼《かせ》いで、母さんに楽をさせてあげたい。冒険者は危険で厳しい仕事だが、一獲千《いっかくせん》金《きん》の夢がある。それに、俺は父さんのような強い冒険者に憧《あこが》れていた。

——ジュノ。お前が母さんを守るんだ。いいな。

——任せてよ！　父ちゃん！

——えらいぞ、ジュノ！


五歳の頃に交わした、死ぬ間際の父とのやりとり。

ワシャワシャと俺の頭を撫でる、ゴツゴツとした大きな父の手の温《ぬく》もりを今でも覚えている。

決意が変わることなどない。そして、俺は絶対に死なない。そうでなければ、父との約束を破ることになってしまうからだ。


「それは、言わない約束だろ。それじゃ、行ってくる」

俺は心配そうな母さんに別れを告げ、家を後にした。


……


道中、エルザの父親であるバラックさんが経営している宿屋に寄る。

冒険者業が軌道《きどう》に乗り稼げるようになったら、とりあえずの独り立ちということで、一番安い一人部屋を借りようと思っている。

そして俺は、いつものようにエルザから弁当を受け取る。エルザが、もの凄く心配そうな顔をしている。

「ジュノ、本当に無茶しないでね」

「わかっているよ。まったくエルザも心配性だな。母さんと同じことを言いやがる」

それから俺は、冒険者ギルドでの登録を済ませ南門の外に出た。冒険者としての一歩が始まった。

まずは、ウネウネと動くスライムに対し、その辺の石ころを投げて倒す。数匹《すうひき》倒したところで。

『個体名：ジュノはＬｖ２になりました。体力10↓11、魔力1↓2、気力：6↓7、力：11↓12、知能：9↓10、器用さ：6↓7、素早さ：14↓15』

これがレベルアップか。少し力がみなぎる感じがする。これなら、他のモンスターも倒せそうだ。

俺は少し背伸《せの》びをすることにした。


……


夕暮れ時。

俺は満身創痍《まんしんそうい》の状態で足を引きずりながら、何とかエルザのいる宿屋に到着《とうちゃく》した。

開店前の酒場の前で幼馴染のサラサとエルザが談笑《だんしょう》していた。しかし、俺の血だらけでズタボロの姿を見るなり、サラサとエルザの表情が凍《こお》り付いた。

「「ジュノっ!!」」

「へへっ。ちょっと調子に乗りすぎちゃったかな」

「あんたバカじゃないの？」

サラサの頭に鬼《おに》のツノが生えている。エルザは対照的で、半泣きになりながら傷の手当てをしてくれた。

「でも見てくれよ、ホラ」

俺は、今日一番の戦果をポケットから取り出した。


「「キャ――――!」」


その瞬間、耳をつんざくような二つの悲鳴が、宿屋前の庭に響《ひび》き渡った。

俺が取り出したのは、血が滴る新鮮《しんせん》なゴブリンの耳だった。あまりの生々《なまなま》しさ、グロさとキモさにサラサとエルザが悲鳴を上げた。

エルザは俺にポーションをぶっかけると、脱兎《だっと》のごとく建物の中に逃げていった。

俺はポーションでビショビショになった髪《かみ》の毛を、サラサが渡してくれたタオルでふきながら。

「なんだよ、凄いのに。討伐報酬《とうばつほうしゅう》がもらえるんだぞ」

予想外の反応に、俺は少し悲しくなった。

「あんたって、本当にデリカシーがないわね。早くしまってよ、それ」

俺はゴブリンの耳をポケットにしまった。

「じゃあこの弁当箱、エルザに返しといてくれ。俺は冒険者ギルドに討伐報告してくるから。またな！」

俺は、弁当箱をサラサに手渡《てわた》し冒険者ギルドへと向かった。


……


それは俺にとって、少しほろ苦い冒険者デビューとなった。

今はどんなに格好悪くてもいい。俺も父さんのように、いつか強い男になってやる。

そして、母さんを楽にさせてあげたい。サラサやエルザがモンスターに襲われる場面に立ち会ったなら、彼女たちを絶対に守る。俺は、そう思った。

ジュノ16

俺は、イトシノユリナという町の領主直轄《ちょっかつ》兵士団の副団長になった。昔に比べれば、ずいぶんと出世したものだ。

俺は母さんに、何度もイトシノユリナに移住することをすすめたが、母さんはレスタの町を離《はな》れようとはしなかった。きっと、父と過ごした思い出の詰まった家が離れ難《がた》いのだと思う。

安定した収入が得られるようになった俺は、母さんに仕送りを続けていた。

母さんに、エルザと付き合うことになったと手紙で報告したら、「あなた、浮気《うわき》してないでしょうね？　エルザちゃんを泣かせたら承知しないよ！」と返事が返ってきた。母さん。俺のことを一体何だと思っているんだ。

俺は今日も平常運転だ。相棒のブルーウルフ『ファング』を駆《か》り、モンスターを狩《か》りにいく。これも、モンスターから町を守るための仕事だ。

東の森を探索していると、コカトリスがいた。

シュッ　シュッ

俺は腰《こし》に差した毒ナイフを二本投げ、コカトリスの目をつぶした。

ドスドスと暴れまわり、木々をなぎ倒すコカトリス。

俺は間合いを見計らい、ケイゴからもらったコボルトキングソードを鞘《さや》に納刀したまま音もなく近き、そして抜き去った。

カチン

俺は、抜いた剣を再び鞘に納刀する。その瞬間、コカトリスの首に一閃《いっせん》が走り、コカトリスの首と胴体《どうたい》が永遠の別れを告げた。

横倒しになるコカトリス。俺は高レベルの剣術《けんじゅつ》スキル、『抜刀術《ばっとう》』でコカトリスを倒した。

「さてと。モンスター素材を荷馬車に積んで帰るとするか」

俺は、後方で待機していた荷馬車に乗った団員に手を振り合図した。

……

夕暮れ時。

狩りを終えイトシノユリナに到着すると、ケイゴとエルザが幌馬車《ほろばしゃ》に駆け寄り何かをしていた。しばらくすると、幌馬車から見知った人物が降りてきた。

「母さん！」

幌馬車からゆっくりと降りてきたのは、母のナティアだった。

母さんは父の遺骨の入った骨壺《こつつぼ》を大事そうに抱《かか》えていた。ケイゴは、母さんの荷物を俺とエルザの家に運び込む手伝いをしてくれた。

それから俺たちは、骨壺をイトシノユリナの墓地に埋葬《まいそう》することにした。

……

初夏の星空が綺麗な夜。父ゼノの墓の前で、親友たちが花を手向《たむ》けてくれた。

――父さん。俺にはこんなに心強い仲間がいるよ。だから母さんはもう大丈夫。父さんとの約束、俺守っただろ？

俺は父の墓の前で手を合わせ、心の中でそう語りかけた。

その日は俺とエルザの家に母が泊《と》まることになり、夜遅《よるおそ》くまで父との想《おも》い出を語り合った。

k - 215

昨日は働きすぎたので、今日は一日お茶を飲みながらゆっくり過ごそうと思っていたら、秘書のメアリーが我が家にやってきた。

「ケイゴ様。今日は、ハインリッヒ様に貴族の作法を教えて頂くお稽古《けいこ》の日でございます。ささっ、早くご準備を」

ハインリッヒは「貴族の作法を教えてやる」と言い、結構な頻度《ひんど》で俺の元を訪ねて来ていた。俺に貴族の作法とやらを学んでほしいメアリーは、ハインリッヒが来ると、とても嬉しいようだ。

……


「ゴメン！　ギブ！　ギブ！　足つった！」

俺は、蒼の団の本部建物の一室でハインリッヒとメアリーの『お稽古』を受けていた。

「ケイゴさまっ！　泣き言は言わずに頑張《がんば》ってくださいましっ！」

フンっと人を小馬鹿《こばか》にしたように、鼻を鳴らすハインリッヒ。

「いや！　嘘《うそ》じゃないって！　だから背筋を伸《の》ばしたまま、こんな体勢をとるなんて無理だから！」

ハインリッヒが少しでも俺が怠《なま》ける仕草をすると、ムチで俺の背中や、首の角度が違うとビシバシしばいてきた。

「ケイゴさま！　ファイトでございます！」

「「「ブフッ」」」

「珍《めずら》しいものが始まった」と俺の醜態《しゅうたい》を見に来たマルゴ、ジュノ、サラサ、エルザが爆笑《ばくしょう》している。

「ハインリッヒ様、メアリー。少し休憩《きゅうけい》を入れてはどうかしら」

ユリナさんが、ハインリッヒとメアリーに休憩を提案してくれている。俺の味方はユリナさん、キミだけだよ。

「アッシュ、待て～‼」

「ワンワン！」

何かの遊びだと勘違《かんちが》いしたのか、アッシュが俺の周りをグルグルと元気に駆け回り、それをターニャがテテテっと追いかけている。

「もうそろそろ、勘弁《かんべん》して頂けませんか？」

俺は恐る恐る尋《たず》ねた。その瞬間、ハインリッヒの銀縁《ぎんぶち》眼鏡がキラリと光った。

「この根性なしが！」

ビシッ！

唸《うな》るハインリッヒのムチ。

「ケイゴさま！　もう一度最初からでございます！」

「貴様ら鬼か！」

「はい！　ワンツー、ワンツー。このテンポでございます！」

ビシッ！　ハインリッヒのムチが容赦《ようしゃ》なく、俺の背中を打つ。

「「「ブフッ」」」

「お前ら、ひょっとして日頃《ひごろ》の鬱憤《うっぷん》を晴らしてないか？」

「そんなことはございません！　さあケイゴさま、次はゲルニカ陛下から宝剣《ほうけん》を下賜《かし》される場面を想定してください。ポーズは『こう』です！」

メアリーが片膝《かたひざ》をつき、非常にバランスの悪そうな体勢の見本を見せてくれた。仕方なく、それの真似《まね》をする俺。

ギクリンコッ！

「グア！　腰がー！　腰がー！」

変な体勢をとったせいで、俺の腰が悲鳴を上げた。

「さっ！　ケイゴさま！　このエギルの回復ポーションを飲んでください！　ギックリ腰程度では、終われません！」

ゴクゴク。俺はメアリーのくれたポーションを飲んで、その場にへたりこんだ。

「さっ！　ケイゴさま！　五分休憩をしたら、また最初から始めます！」

「なあマルゴ、ジュノ。エールでも飲まない？」

完全にやる気を無くした俺は、マルゴとジュノに救援《きゅうえん》を求めて彼らを見た。すると、マルゴとジュノは既《すで》にエールを飲み、バンバン机を叩《たた》き、俺を指さしながら爆笑していた。

「……」

その日、ハインリッヒ教授と秘書メアリーによる地獄《じごく》の猛《もう》特訓は夜遅くまで続いた。

第六章　徴兵

shousyaman no isekai survival

k-216

夏の暑い日のことだった。

我《わ》が家に秘書のメアリーが、血相を変えてやってきた。今度は一体何だ。もう『お稽古《けいこ》』は絶対にしないぞ。

「ケイゴ様！　これを！」

メアリーは、一通の手紙をもっていた。その手紙には、ゲルニカ陛下の封蝋《ふうろう》がなされていた。

なんだろう？　と思いながら、俺《おれ》は手紙を受け取る。

そう言えば、メアリーからだっただろうか。毎年夏頃《ごろ》に、北の隣国《りんごく》ハイランデル王国と戦争をするのが恒例《こうれい》となっていると聞いた気がする。そこへの国王からの手紙だ。嫌《いや》な予感がする。ペーパーナイフで手紙を開封すると、その手紙には、短く次のようなことが書いてあった。

……

勅命《ちょくめい》をもって命ずる。
騎士《きし》ケイゴオクダは蒼《あお》の団の兵士を従え、隣国ハイランデル王国との戦争のため、本書受領日から一四日以内に王都ラースティンの王国軍総司令部に参集せよ。

以上

ランカスタ王国第六代国王　ゲルニカ

……

手紙は別段赤いわけではなく、上質な紙に金箔《きんぱく》がちりばめられた豪奢《ごうしゃ》なものだった。
しかしそれは、事実上の赤紙だった。
王都ラースティンまでは荷馬車で、概《おおむ》ね一週間だとサラサからは聞いていた。
毎年恒例の戦争だとはいえ、戦争は戦争だ。人の命のやりとりであることには変わらない。そして拒否《きょひ》することは、貴族である以上、絶対に許されないのだろう。準備だけは万端《ばんたん》にしないといけない。

一四日後には王都に到着《とうちゃく》していないといけない。つまり今日を含《ふく》め七日間しか出発までの猶予《ゆうよ》はない。

連れていくメンバー選定には、町の護衛も考慮《こうりょ》に入れないといけない。そして、戦争に駆《か》り出される者は、最も命の危険がある。そのため、戦争には少数精鋭《せいえい》で行くべきだ。機動力のあるブルーウルフ隊が、生存率という意味でも最適だと思う。

俺は蒼の団の本部施設に向かい、ジュノ、マルゴ、サラサ、エルザ。そして、蒼の団の面々を集め、この件について会議をすることにした。

残りの日数でどれだけの準備ができるかに、俺たちの生死がかかっているといっても過言ではない。鑑定《かんてい》スキルでメンバーの現状の実力を把握《はあく》するとともに、荷馬車に積み込《こ》む物資もサラサの助力を得つつ、入念に準備を進めることにした。

……

そうこうしているうちに、準備に与《あた》えられた一週間はあっという間に過ぎていった。俺たちは実力を厳選したメンバーで、イトシノユリナ領軍を編制した。

k-217

準備期間最終日は休暇《きゅうか》にした。家族とのしばしの別れだ。惜《お》しむ時間が必要だと俺は思った。

最終的に、ブルーウルフに騎乗《きじょう》したイトシノユリナ領軍は五〇名程《ほど》となった。加えて、食料などの物資を載《の》せた荷馬車を引く輸送部隊。

この中の何人が、生きて帰ってこられるだろうか？

いや、違《ちが》う。この身を犠牲《ぎせい》にしてでも、彼《かれ》らは責任をもって家族の元に連れ返さなければならない。

……

最終日だ。今日は時間を気にせず、ゆっくりしよう。

太陽と風が清々《すがすが》しい晴れ日だった。俺は、太陽の光に手をかざし、目を細める。

庭に備え付けたハンモックに、ギシギシと音をたて横になり二度寝《にどね》を試みる。

そして俺は、ゆっくりと流れる雲をぼんやりと見上げていた。

そんなことをしていると、アッシュが俺の上に飛び乗ってきた。

次いで、ターニャが駆け寄ってきて、ユリナさんが「走っちゃ危ないわ」と言いながら、ターニャを追いかけてきた。

マルゴとジュノも、今日はサラサ、エルザと二人きりで別れを惜しんでいることだろう。

それから俺たち家族は美味《おい》しい料理を沢山《たくさん》つくって、みんなでお腹一杯《なかいっぱい》食べた。とても心穏《おだ》やかな時間だった。


……


それから俺とユリナさんはベッドの中で二人、別れを惜しみきつく抱《だ》き合った。

しかし、ユリナさんが急に泣き出した。

「どうしたの？」

俺はユリナさんに声をかけた。

「あなた、どうか生きて帰ってきて」

そう言うと、ユリナさんはさらに嗚咽《おえつ》を漏《も》らした。

「大丈夫《だいじょうぶ》。ジュノやマルゴだっている。俺たちはアースドラゴンにだって勝てる猛者揃《もさぞろ》いだ。誰《だれ》も死にやしないよ」

「うん。ありがとう、大好き」

彼女《かのじょ》の涙《なみだ》に濡《ぬ》れた表情が、笑顔《えがお》に変わった。俺はこの笑顔を守るため、絶対に死ぬことは許されないと思った。

それから俺は、涙に濡れるユリナさんを、そっと優《やさ》しく抱きしめた。明日からは、彼女と離《はな》れ離《ばな》れになる。俺は、彼女の存在を確かめるように、彼女の温《ぬく》もりを肌《はだ》で感じた。

「明日ベッドから出るのが、今から憂鬱《ゆううつ》で仕方がない」

俺はそうぼやいた。それを聞いたユリナさんが、俺と目を合わせた。思わず二人で笑ってしまった。

世界一、幸せで平和だと思える夜だった。

ジュノ17

今日はケイゴの指示で、一日の休暇をもらった。

蒼の団の連中も同じだ。エルザも仕事を休み、酒場や宿屋を別の者に任せたようだ。

今日は、エルザとゆっくり過ごそうと思う。

久しぶりのエルザとのデートだ。

市場で大道芸を見たり、出店で串焼《くしや》きを買って二人で食べたりした。サラサの商館で、夜に飲むための少し高めの酒を購入《こうにゅう》した。

今日の晩餐《ばんさん》は、いつもより豪華《ごうか》だった。

料理の得意なエルザだが、終始にこやかで、いつも以上に饒舌《じょうぜつ》だった。どうしたのだろうか。俺は少し、違和《いわ》感を覚えた。

豪華な食事を終えると、俺とエルザは一緒《いっしょ》にお風呂《ふろ》に入った。俺はエルザの背中を流し、髪《かみ》を洗ってあげた。

そして、俺とエルザはベッドの中で、きつく抱きしめあって口付けを交《か》わした。しかし、エルザはさめざめと泣きだした。

「ごめん、強かったかな」

エルザは首を横にふる。

「ううん、違うの。ジュノとこうして会えるのが、今日が最後になっちゃうと思ったら、頭の中がぐちゃぐちゃになって」

エルザが不自然に饒舌だったのは、そのためか。俺は、エルザの頭を優しくなでる。

「大丈夫、俺は強い。それにケイゴやマルゴも一緒だ。ブルーウルフ隊の皆《みんな》もいる。絶対に生きて帰ってくるさ。帰ってきたら、また、俺の好物のスープを作ってくれよな」

「うん。わかった」

エルザの涙に濡れた表情が、ちょっとだけ笑顔になった。俺は、この笑顔を守るためなら何だってする。戦争で命など絶対に懸《か》けちゃいけない。危なくなったら皆を連れてさっさと逃《に》げるに限る。

俺はエルザの太陽のような匂《にお》いを感じながら、そんなことを考えていた。

マルゴ14

サラサは普段《ふだん》、男勝《おとこまさ》りの百戦錬磨《ひやくせんれんま》の商人だが、俺の前では実に家庭的でしおらしい。

前妻のイザベルが他界し、サラサを妻として娶《めと》った。鉄ばかりに向き合う無骨な手が、とても好きだと言ってくれた。

俺はサラサを守るためなら、命を賭《と》す。それくらい愛《いと》おしい。

今日は、王都へ出発する前の準備期間最終日。

ケイゴは、出兵する兵士たち全員に「最後の日くらい、大切な人と過ごせ」と言った。

鼻歌を歌いながら、キッチンでエプロンをつけて料理をするサラサが、たまらなく可愛《かわい》い。

俺は、後ろからそっと近づくと、サラサを抱きしめた。

「もう、マルゴったら。料理ができないでしょ！」

俺は、口をとがらせつつも嬉《うれ》しそうなサラサの唇《くちびる》を自分の唇でふさぐ。

俺とサラサのキスが続く中、火にかけた鍋《なべ》のコトコトという音だけが部屋に響《ひび》いていた。

……

ベッドの中、俺の太い腕《うで》を枕《まくら》にしてサラサが天井《てんじよう》を見上げている。この夜が明ければ、しばらくサラサには会えなくなる。そして、俺がこれから向かうのは戦場だ。これが永遠の別れになるかもしれないことは、互《たが》いに口にはしないが、理解していた。

「マルゴ、絶対に死なないで。ケイゴもジュノも皆で絶対に帰ってくるのよ」

サラサはそう言うと、俺の分厚い胸板《むないた》に顔をうずめた。俺は無骨な手で、サラサの頭を撫でる。

「大丈夫だ、必ず戻《もど》ってくる。ケイゴもジュノも俺が死なせない」

俺たちは、アースドラゴンなんてとんでもない化け物を相手にしても打ち勝つことができた。それが自信となり、普通《ふつう》の人間相手では死ぬビジョンは全く浮《う》かばなかった。

それでも俺は、ケイゴやジュノが命を落としそうな場面があったとしたら、自ら盾《たて》になる覚悟《かくご》をしている。こんなことをサラサに言ったら、怒《おこ》るので言わない。サラサはきっと、「みんなで助かる方法を考えなさい！」と怒《いか》り狂《くる》うだろう。

俺は、最愛の妻のため、必ず生きて戻ってくる。何があっても、最後まで足掻《あが》いてやる。

俺は妻を抱きしめながら、そう思った。

k - 218

「さて、いくか！」

翌朝、ユリナさんの温もりとベッドの誘惑《ゆうわく》になんとかレジストすることに成功した俺は、身支度《みじたく》を整えそう気合を入れた。

「クーン」

ドアと俺の間にアッシュがお座りして俺を見上げ、切ない声を上げた。どうやら通せんぼをしているようだ。

俺はアッシュを抱き上げると。

「パパお仕事。行ってきます。アッシュ。ユリナさんとターニャのことを頼《たの》んだぞ！」

「ワン！」

アッシュの尻尾《しっぽ》が、嬉しそうにフリフリと動いていた。

九：〇〇
蒼の団敷地《しきち》内にて。

俺の目の前に、マルゴやジュノを含めた五〇名ほどのブルーウルフ隊員と物資を積んだ輸送部隊が並んでいる。

俺は、皆の前で言葉を紡《つむ》ぐ。

「みんな、聞いてくれ。この戦いの勝利は、敵を倒《たお》すことではない。生きて、また自分の大切な人たちの元に戻ってくることだ。絶対に死ぬな！　以上！」

「「「おう！」」」

彼らは、自分の大切な家族や親友のことを思い浮かべたのだろう。そして、自分が戦死したとき、その人たちがどんな顔をするのかも。

皆士気が高く、蒼の団の証を着けた右拳を天に向かって突《つ》き上げた。

一〇：〇〇

俺たちはブルーウルフに騎乗し、町のメインストリートを進む。メインストリートの脇《わき》には大勢の人が立ち並び、口々に応援《おうえん》の言葉を口にしていた。

「ケイゴさん！　蒼の団のみんな！　この国のことを頼んだよ！」

エルザの宿屋の酒場で料理を作る、大柄《おおがら》なナンシーおばさんから激励《げきれい》の言葉をかけられた。

「ケイゴオクダに、神のお導きがあらんことを！」

シャーロットちゃんからは、祝福の言葉を頂いた。

「僕《ぼく》も、大きくなったらブルーウルフに乗って戦う！　ケイゴ様やみんなを守る！」

子供たちがブルーウルフに乗った俺たちに憧憬《しょうけい》の眼差《まなざ》しを向け、そんな言葉を口にした。これは醜態《しゅうたい》を晒《さら》して、子供たちを失望させるわけにはいかないと思った。

そして町の入り口にある櫓《やぐら》の前では、キシュウ先生が腕を組みながら待っていた。俺はブルーウルフから降りると。

「キシュウ先生、行って参ります。残された子供たちのこと、何卒宜《なにとぞよろ》しくお願い致《いた》します」

俺は師に頭を下げた。するとキシュウ先生は。

「もちろんだ。俺もついて行きたいところだが、子供たちを放《ほう》っておくわけにもいかん。俺が教えた医術で、ブルーウルフ隊の命を守れ。そして戦いが厳しいときほど、お前の帰りを待つ子供たちの顔を思い浮かべろ。そうすれば、お前は絶対に死なない。死なないという意志が、必ずお前を助けるだろう。無事帰ったら、俺の秘蔵の酒で祝杯《しゅくはい》をあげるぞ」

キシュウ先生は、いつも通りの冷静な表情でそう言った。師の激励の言葉を受け、俺は本当に心強い気持ちになった。絶対に生きて帰って、キシュウ先生と酒を酌《く》み交わしたい。そう思った。

サー

心地《ここち》よい夏の風が緑の匂いを運び、ブルーウルフに騎乗する俺の頬《ほお》をなでた。緑色の風は、この世界に来てずいぶんと長くなった俺の前髪《まえがみ》を揺《ゆ》らした。

イトシノユリナの皆に見送られた俺たちは、王都ラースティンへと向け歩みを進めた。

暗躍《あんやく》する者

俺は、ハイランデル王国第一王子オーパス。

今年も、南の隣国ランカスタとの間で小競《こぜ》り合いをせよと父上に国軍を任せられた。どうせ、形ばかりの戦争だ。国境にあるベルン砦《とりで》とバラン砦に挟《はさ》まれたモルス渓谷《けいこく》で小競り合いをするだけ。

「隣国と戦争状態にあります！　だから、国民のみなさん。一致《いっち》団結してください！」というメッセージを国民に発するためだけの、お決まり行事。かったるいこと、この上ない。

そんな風に思いながら過ごしていたある日。

不思議な男が、王宮にいる俺の目の前に現れた。中性的で整った顔立ち。ハスキーな声。女だと言われても全く不思議ではない。その男の名前はヴァーリと言った。

ヴァーリは俺の前に跪《ひざまず》きこう言った。

「オーパス様、貴方《あなた》様に大いなる力をお貸しいたしましょう。その力を用いて、憎《にく》き隣国ランカスタを滅《ほろ》ぼしなさいませ」

その声色《こわいろ》は、不思議と心地よい気分にさせてくれるものだった。

「ほう。して、それはどのような力なのだ？」

「はい。私めは貴方様に、不死の軍団を用意して差し上げることができます」

「それは、興味深いな。やってみるがよい」

「畏《かしこ》まりました。では……。不死の上位精霊《せいれい》リッチよ、顕現《けんげん》せよ、サモンアンデッド」

ブオン

地面に禍々《まがまが》しい、赤黒く光り輝《かがや》く幾何学《きかがく》模様の魔方陣《まほうじん》が浮かび上がる。

そこから浮かび上がってきたのは、アンデッドの竜《りゅう》型モンスターと人型モンスターだった。

「ヴァーリよ。これはなんだ？」

俺は禍々しいそれらを恐《おそ》れる気持ちを抑《おさ》えつつ、ヴァーリに問う。

「これらは強力なアンデッド、レッサードラゴンゾンビとコボルトキングゾンビにございます。これらを用いれば、要衝《ようしょう》バラン砦の陥落《かんらく》など容易。必ずや貴方様の力になるでしょう。また、これらには劣《おと》りますが、不死の軍勢もご用意いたしましょう」

「なるほど。確かにお前のアンデッド軍を用いれば、面白《おもしろ》いことになるかもしれぬ。しかし、お前も何の見返りもなく俺に力を差し出すというわけでもあるまい？　お前の本当の望みを言うがよい」

「は。下賤《げせん》なる私めの望みはただ一つ。ランカスタにいると思われる、勇者を探し出して滅ぼすことにございます。王都ラースティンよりもさらに南へと向かったレスタという町に勇者の気配を感じます。しかし勇者の殺害を邪魔《じゃま》する者がおり、その者との戦いで何とか勝利することができたものの、私は右肩《みぎかた》に深手を負い力を失いました。今はレスタの町に潜伏《せんぷく》しておりますが、手をこまねいておりおります。オーパス様が攻め入《せ》ることで、きっと勇者は姿を現すでしょう。生死は問いませぬ故、何卒」

「勇者とは、人類の味方ではないのか？　それを貴様は滅ぼしたいと申すか」

「はい。オーパス様は世界を手に入れるだけの器《うつわ》があります。この通り、私めもお力添《ぞ》えを致します。貴方様は世界を手に入れなさいませ」

ヴァーリは俺に、誘惑の言葉を囁《ささや》いた。ヴァーリと話していると、世界が欲《ほ》しい、勇者を消し去ってしまいたいという気分になってきた。

「確かに面白い。私も凡庸な国の王子であることに飽《あ》き飽きしていたところだ。お前の口車に乗ってやるとしよう」

俺は、この退屈《たいくつ》な日常に別れを告げ、自分の野心のために生きることにした。

k - 219

道中、コカトリスなどのモンスターも出現したが、ブルーウルフ隊と連係《れんけい》して倒した。

そして俺たちはついに、ランカスタ王国の王都ラースティンに到着した。

ブルーウルフに乗る俺たちに対し、厳《いか》つい門衛二名がハルバードを交差させ通行を止めた。それはそうだろう。モンスターを王都に入れるなど前代未聞《みもん》だ。イトシノユリナが特殊《とくしゅ》なのだ。

しかし、ゲルニカ陛下の手紙を見せ、自分は騎士貴族のケイゴオクダであることを伝えると、門衛はすぐに王都ラースティンの中に入れてくれた。

王都のメインストリートをブルーウルフ隊が行く。

ブルーウルフに騎乗する俺たち一団と、蒼の団の旗に描《えが》かれたブルーウルフの貴族紋《もん》を驚《おどろ》きの目で見る人々。

メインストリートの先は湖になっていた。湖の中央の小島には、豪奢な王城が静かに佇《たたず》み、王城が清らかな水面に浮かび上がっていた。それは、美しい城だった。


時刻は昼下がり。

俺たちは王城と城下町をつなぐ大橋を渡《わた》り、王城へとたどり着いた。


……


王城内の王国軍総司令部の設置された広間に通された俺、マルゴ、ジュノは、部屋に最後に入ってきて、煌《きら》びやかな椅子《いす》に優雅《ゆうが》に座《すわ》ったランカスタ王国第六代国王、ゲルニカ陛下に謁見《えつけん》することとなった。

マルゴとジュノはイトシノユリナ領軍の責任者であると説明したところ、貴族の従者として入室を許された。

俺は新米貴族。一応席は用意されていたが、末席だった。俺は用意された椅子に、ハインリッヒとメアリーから習った『貴族的な所作』で座った。

よく見ると、バイエルン様が陛下の席と末席の中間ほどに座っている。席順で、貴族の階級が一《いち》目瞭然《もくりょうぜん》となっているようだ。バイエルン様と目が合った。すると、バイエルン様がパチッとウインクした。この人、お茶目なところがあるよな。

俺の後ろにはマルゴ、ジュノが控《ひか》えている。

そして、ランカスタ王国内の貴族が一堂に会した、軍の方針を決める軍議が始まった。

「まずは、皆の者。よく集まってくれた。心より礼を言う」

ザッ！

「ケイゴ！　お辞儀《じぎ》！」

ジュノに注意される俺。

貴族が一斉《いっせい》に頭を下げ、俺もワンテンポ遅《おく》れて、頭を下げる。チラリと後ろを見ると、マルゴとジュノが「あちゃー」という雰囲気《ふんいき》で、顔を手で押《お》さえていた。

「最初に新しく我らの仲間になった騎士貴族を紹介《しょうかい》しよう。末席に座るのが、コボルトキングを死《し》闘《とう》の末に討《う》ち果たした、騎士貴族のケイゴオクダである」

ザッ！

ゲルニカ陛下が俺を紹介すると、貴族全員が俺を見た。

「ケイゴ！　立ってお辞儀！」

ジュノが声をひそめて注意した。

「ボーラシュ平野、イトシノユリナの統治を陛下より任じられました、騎士貴族のケイゴオクダと申します。以後お見知りおきください」

そう言った俺は、椅子から立ち上がりお辞儀をした。

「皆の者、今後ともケイゴオクダをよろしく頼む。では軍議に入る。軍議の司会進行は、参謀《さんぼう》総長のシルフィードに任せる。ではシルフィード」

ゲルニカ陛下がそう言うと、シルフィードさんが、恭《うやうや》しく一礼した。

「それでは毎度のことで飽き飽きしているかもしれないが、北の隣国ハイランデル王国との戦争について、概要《がいよう》を説明する」


……


何というか、シルフィードさんの話を要約すると、北の隣国ハイランデル王国との戦争はマンネリ化しているというものだった。

両国を隔《へだ》てる山脈が天然の要塞《ようさい》となり、それを唯一《ゆいいつ》抜《ぬ》けられる要衝バラン砦の守りさえしっかりすれば、ランカスタへの進軍は事実上不可能。加えて、ハイランデル王国側にも要塞があり、お互い攻めることが難しい。

要衝と要衝の間にある緩衝《かんしょう》地帯モルス渓谷で、毎年小競り合いが行われる程度の戦争なのだそうだ。

「緊張《きんちょう》感がないと思ったら、そういうことか」

俺はそうつぶやいた。

バイエルン様に至っては、目を開きながら微動《びどう》だにしていない。あれは確実に眠《ねむ》っているだろ。

「絶対に誰も死なせない」と覚悟を決めてきた俺からすると、肩透《かたす》かしもいいところだった。

しかし、それは唐突《とうとつ》にやってきた。

なにやら広間の外が騒《さわ》がしい。衛兵と誰かが口論しているようだ。

「騒がしい！　何をしている！」

額に青筋を浮かべるシルフィードさん。

バン！

ドアが勢い良く開かれ、満身創痍《まんしんそうい》の兵士が入ってきた。鎧《よろい》が所々焼け焦《こ》げており、息が荒《あら》い。それでも彼は、ゲルニカ陛下の前で跪く。

「バラン砦より、ご報告申し上げます！　バラン砦が、ハイランデル王国軍の攻撃《こうげき》を受け陥落いたしました！　現在敵軍は進軍中！　ハイランデル王国軍はアンデッドの軍勢二万を率いており、特にレッサードラゴンゾンビに騎乗するコボルトキングゾンビの攻撃に、なす術《すべ》もなく陥落しました！」

このバラン砦の兵士は早馬を飛ばして、王都まで来たのだろう。そして、義務を果たした兵士はその場で崩《くず》れ落ちた。

「まさか！」

みるみる青い顔になり、ざわつく貴族たち。それは、ゲルニカ陛下も例外ではない。

俺は崩れ落ちた兵士に近づき、キシュウ先生に習った通りに診察《しんさつ》をした。脈と呼吸は大丈夫。どうやら気絶しているだけのようだ。俺は、アッシュウルフのマントからデュアルポーション（中）を取り出すと、兵士の口に含ませた。

兵士の治療《ちりょう》を終えた俺は、自分の席に戻る。未《いま》だ貴族たちは青い顔をしたままだった。軍議は混乱の渦中《かちゅう》に落とされた。

バラン砦の陥落の報。それはランカスタ王国にとって、長い戦禍《せんか》の始まりにすぎなかった。

第七章　撤退、そして覚醒

shousyaman no isekai survival

k-220

ハイランデル王国軍との戦況《せんきょう》は、悪化の一途《いっと》を辿《たど》っていた。

どこそこの町が陥落《かんらく》したと、次々と軍議の場に知らせが上がって来る。その度《たび》に、軍議の場はざわついた。

人の軍隊であれば、まだ対応の仕様があった。しかしランカスタ王国は、アンデッドの軍勢になす術《すべ》もなくやられていた。シルフィードさんによれば、不死属性のアンデッドには、聖属性魔法《まほう》でしか対抗《たいこう》できないそうなのだ。そして聖属性魔法の使い手は、聖職者などごく少数に限られる。

コボルトキングとレッサードラゴンのアンデッド。俺《おれ》は、レスタの南門での戦いを彷彿《ほうふつ》とさせるその組み合わせに嫌《いや》なものを感じていた。そして、この二体は間違《まちが》いなく高レベルのアンデッドということになるのだろう。

いつもの恒例《こうれい》行事と高をくくっていた準備不足のバラン砦《とりで》が陥落したのは、当然の成り行きだと思われた。

さて、どうするか。ここで指をくわえていては、敵軍は王都へたどり着いてしまうだろう。そう考えていたまさにその時だった。

「報告します！　ハイランデル王国軍が王都の目と鼻の先に迫《せま》りつつあります！　王侯貴族《おうこうきぞく》の皆様《みなさま》、どうかお逃《に》げください！」

伝令兵は、息も絶え絶えにそう言い、持ち場に戻《もど》っていった。

混乱の極《きわ》みにある王国軍総司令部。俺はそれを冷静に観察しつつ、熟考した結果を伝えることにした。

「皆《みな》さん、俺から提案があります。このまま各町に兵力を分散させたまま、町単位で対応していても埒《らち》が明かないでしょう。幸い私の所領ボーラシュ平野にあるイトシノユリナはこの国で最南端《さいなんたん》に位置しております。貴族の皆様だけではなく、この王都、各町の民《たみ》に南の我《わ》が所領に一度避難《ひなん》して頂くべきです。そして、兵力を南に集結させた後、反撃《はんげき》に転じるのです。今は少しでも時間を稼《かせ》ぎ、態勢を立て直すことが肝要《かんよう》かと思います」

俺がそう発言すると、軍議の場はシーンと静まり返った。そして、最初に口を開いたのはバイエルン様だった。

「我輩《わがはい》は、ケイゴオクダの意見に賛同する。今は王都を放棄《ほうき》して、少しでも時間を稼ぐべきである。

アンデッドに対抗するためには、各地へ散らばっている聖属性魔法の使い手を一か所に集める必要がある。それには、北から攻《せ》めて来る敵軍に対して、南のボーラシュ平野に布陣《ふじん》するのは論理的必然。我がレスタの民には、すぐにでも伝令を出し、荷物をまとめイトシノユリナへ向かわせることを約束しよう」

それが呼び水となったのか。議論が延々《えんえん》と平行線を辿り、結論が出せなかった軍議の場がまとまりを見せた。そして、最後にゲルニカ陛下が決定を下した。

「それでは、勅命《ちょくめい》を下す。我々王族、諸侯《しょこう》貴族は各町に伝令を走らせ、南の地ボーラシュ平野、イトシノユリナに一時民を避難させよ。特に聖属性魔法の使い手は確実に避難させるよう徹底《てってい》させよ。ケイゴオクダは、従者とともに急ぎイトシノユリナへと戻り、王国軍本陣及び避難民の受け入れ準備をせよ。今後、軍議はイトシノユリナで執《と》り行うこととする。以上、解散」

こうして軍議は一時解散となり、貴族たちはそれぞれの領地へと散っていった。

俺、マルゴ、ジュノの三人は、イトシノユリナをランカスタ王国軍の本陣とすることが決まったため、一足先に戻り準備をすることになった。その他のブルーウルフ隊員は、避難する王都ラースティンの民を護衛する任に就《つ》くこととなった。

……

特命を負った俺、マルゴ、ジュノの三人は、ブルーウルフに騎乗《きじょう》しイトシノユリナへと急いだ。

残暑の中、秋めいた虫の音がどこか寂《さび》しげに響《ひび》いている。

振《ふ》り返って見た水の美しい都、ラースティンは、俺の目にはどこか儚《はかな》げに映った。

それは決して、俺の気のせいなどではないと思った。

k - 221

おそらく季節は秋。

ブルーウルフに騎乗した俺、マルゴ、ジュノは、一時間だけの休憩《きゅうけい》を何度かはさみ、昼夜問わずイトシノユリナへと向け走り続けた。そして荷馬車で一週間かかる行程を、僅《わず》か三日で踏破《とうは》した。

イトシノユリナに到着《とうちゃく》してすぐに取り掛《か》かったのは、いつも会議に使っている蒼《あお》の団の本部建物に、サラサやエルザ、町の運営を担当する官吏《かんり》を集めることだった。

獣人《じゅうじん》を中心に組織されているアイリス商会を経営する猫《ねこ》獣人のアイリスさんにも、会議に同席してもらい協力をお願いした。国が滅《ほろ》ぶかどうかの瀬戸際《せとぎわ》である。アイリスさんは耳をピンと立てると、「当然にゃ！」と言って全面的な協力を約束してくれた。

イトシノユリナで保護している子供たちの様子を聞いたところ、キシュウ先生をはじめ、サラサやエルザが頑張《がんば》っているおかげで、順調にいっているとのことだった。

王都での決定とこれからのことを皆に伝えると、すぐに警備態勢の見直しやテントの設営など、避難民受け入れの準備に総力を挙げて取り掛かることになった。

一六：〇〇

会議を終え我が家に帰宅すると、ユリナさんが出迎《でむか》えてくれた。ターニャとアッシュは庭での『勇者ごっこ』に夢中で俺に気が付いていないようだ。ターニャとアッシュの『勇者ごっこ』は、ずいぶんと本格的な戦闘《せんとう》に見えた。

緊張《きんちょう》の極みにあった王都での軍議、昼夜問わずの走破で疲労困憊《ひろうこんぱい》していた俺は、ベッドに倒《たお》れ込《こ》み仮眠《かみん》をとることにした。そして、眠《ねむ》りに落ちるのは一瞬《いっしゅん》だった。

――コンコン

誰《だれ》かが家のドアをノックする音で、目が覚めた。

腕時計《うでどけい》を見ると午後二二時。少し寝《ね》すぎてしまったようだ。横ではユリナさんが眠り、足元にはアッシュが。もう一つのベッドではターニャが眠っている。

「こんな時間に誰だ？」

しかし今は、敵が攻めてきている有事の時。何があるかわからない。

俺はすぐにドアを開けた。するとそこには、俺をずいぶんと救ってくれたグラシエスの牙《きば》をくれた恩人。神秘的な雰囲気《ふんいき》のグラシエスさんと、ストレートの黒髪《くろかみ》が美しく、無表情なアンリエッタ嬢《じょう》が立っていた。ユリナさん、ターニャ、アッシュも起きてきた。

「ケイゴオクダ、ずいぶんと大変な目に遭《あ》っているようじゃな？　お主に伝えたいことがある。庭に出られるか？」

「ええ。構いませんよ」

グラシエスさんは、以前と同じく飄《ひょう》々《ひょう》とした態度でそう言った。俺たちはグラシエスさん、アンリエッタ嬢とともに、五〇㎡ほどの庭に出た。

庭の中央で蒼く輝《かがや》く満月の光を浴びたグラシエスさんは、強烈《きょうれつ》な光を発しながら巨大《きょだい》化していった。そして気が付けば、蒼いクリスタルの彫像《ちょうぞう》を思わせる三〇メートルほどの美しい竜《りゅう》が、我が家の庭に立っていた。俺たちはその姿を見て、茫然《ぼうぜん》と立ち尽《つ》くした。

「驚《おどろ》かせてすまない。この通り、我の正体は正神が一柱、蒼玉竜《そうぎょくりゅう》グラシエスという。ケイゴオクダよ。よくぞレスタの町、ひいてはこの世界の希望となる勇者とその従者、神獣《しんじゅう》フェンリルを保護してくれた」

グラシエス様は頭に響く深い声でそう言うと、元通りの老人の姿になった。ユリナさんは、神であるグラシエス様に対し跪《ひざまず》き、祈《いの》りを捧《ささ》げていた。俺も彼女《かのじょ》と同じように、神様に祈ることにした。ターニャも俺とユリナさんの真似《まね》をして、グラシエス様にお祈りをしていた。

家に戻った俺とユリナさんは、グラシエス様、アンリエッタ嬢と食卓《しょくたく》テーブルをはさんで向かい合って座《すわ》った。ターニャは、アッシュを抱《だ》っこしながらベッドに腰《こし》かけてこちらの話を聞いている。

ユリナさんがマーブル草のハーブティーを四人分淹《い》れ、テーブルに置くと、俺の隣《となり》に座った。

「我が家までお越《こ》し頂きありがとうございます。何かございましたでしょうか」

俺はグラシエス様に対し、そう切り出した。

「まず、改めて礼を言わせてもらうとしよう。よくぞ勇者とその従者、神獣フェンリルを保護し育ててくれた」

何を言われているかが解《わか》らず、俺は首を傾《かし》げた。

「こちらは、我の妻アンリエッタじゃ。元々聖騎士《せいきし》という身分で人であったが、今は半神半人。神に準じた存在となっている」

「……」

アンリエッタ嬢は微《かす》かに頷《うなず》いた以外は、相変わらずのノーリアクションだった。俺は、相槌《あいづち》を打って先を促《うなが》す。ユリナさんを見ると、目を見開いて驚いている様子だった。

「我は、今まさに窮地《きゅうち》に立たされているお主に力を与《あた》えにきた。まずは、我々が何と戦っているのか。その話をしよう」

そしてグラシエス様は、神々のストーリーを紡《つむ》ぎ出した。

k-222

俺は困惑《こんわく》しながらも、グラシエス様の話を聞いた。正直言って、それは俄《にわ》かには信じられない内容だった。

……


グラシエスの牙越《ご》しにケイゴを観察していたグラシエスは、ハイランデル王国に加担する形で本格的な邪神《じゃしん》ゼラリオンの攻撃《こうげき》が始まったことを知り、ケイゴの元を訪《おとず》れた。

この世界では神は複数存在し、グラシエス自身もまた正神と呼ばれる邪神と対立する存在だった。邪神ゼラリオンは多くの信仰心《しんこうしん》を集める強大な存在で、今のままではグラシエス陣営《じんえい》は敵《かな》わない。神は信徒の数でその力を増大させることができ、グラシエス陣営は信徒の数で圧倒的《あっとう》にゼラリオン陣営に劣《おと》っていた。

北東の島国にゼラリオン聖教国があり、そこが邪神ゼラリオンの総本山となって信徒を集めている。

今までの騒動《そうどう》。ハインリッヒが悪に染まったこと。レスタの町を襲《おそ》ったモンスターの大群。そしてハイランデル王国による強力なアンデッドの召喚《しょうかん》と侵攻《しんこう》。それらは全《すべ》て、ゼラリオン教団の暗躍《あんやく》によるものである。

ゼラリオンは邪神であり、人々の欲望や不幸を糧《かて》として力を増す。

信徒をランカスタ王国に増やしているのもそのためだった。ただし、邪教《じゃきょう》としての教えだと広まらないため、宗教観を欺《あざむ》き、善良な教典に扮《ふん》した邪書や神像に扮した邪神像を広め、崇《あが》めさせることで、信徒から広く力を得ている。そして、邪書や邪神像がまき散らす呪《のろ》いのせいで、飢《う》えや貧困《ひんこん》、病気の蔓延《まんえん》、孤児《こじ》の増加など、信徒の不幸は拡大している。

……

話終えたグラシエス様の透《す》き通った蒼いクリスタルのような不思議な目をジッと見つめ、俺は口を開いた。

「すぐには信じられない話ですが、もしそれが本当であれば許せません。こちらの妻ユリナはスラム街で幼少期を過ごし、その際に飢えと病気で兄を亡くしています。私自身、スラム街にいる子供を救うために活動をしていますし、最近では行き場を失くした子供たちをこのイトシノユリナに集め、生きる術を教えております」

そして、俺は続けた。

「そのような邪神が現実に存在し、自分の欲望のために我々を害するのであれば。そして、神であるグラシエス様。あなたがそれを良しとせず、ともに戦ってくださるのであれば、私は喜んで協力します」

半信半疑ではあるが、信憑性《しんぴょうせい》は高いと思った。何せグラシエス様の牙に、俺は幾度《いくど》となく命を救われている。俺は、自分の目で見たものは信じる。

「ケイゴオクダよ。申し訳ないが、実はここからが本題なのじゃ」

そうしてグラシエス様が本題だと言って紡ぎ出した話は、到底《とうてい》俺の受け入れられるものではなかった。

k - 223

「ターニャとアッシュは、もうそろそろ頃合《ころあ》いのようじゃ」

ベッドに腰かけるターニャとアッシュに対し、蒼いクリスタルのような瞳《ひとみ》を向けたグラシエス様はそう言った。

「何の話でしょうか？」

俺は首を傾げる。

「それが本題じゃ。ターニャには勇者の素質が、アッシュには勇者の従者たる神獣フェンリルの血が流れており、その血に目覚めつつある。前に我が素質を目覚めさせたのだが、そろそろ本格的な修行《しゅぎょう》に移っても良い頃合いだと思う。お主に我の牙を与えたのは、勇者と神獣を保護してもらうという目的があった」

ターニャが勇者で、アッシュが神獣？

「申し訳ありませんが、理解しかねます」

何を言われているのか解らずに、俺は困惑した。

「論より証拠《しょうこ》。ターニャとアッシュを鑑定《かんてい》すれば解るだろう」

確かに俺は、鑑定スキルのレベルが上がり、敵味方のステータスやスキルなどの情報を看破できるようになっていた。しかし他人に自分の個人情報を知られることは、普通であれば不愉快に感じると思うので、やらないようにしていた。ターニャとアッシュについてもその例外ではない。

「気が進まないですが……」

俺は、ベッドの上で俺とグラシエス様の話を眠たそうに聞いていたターニャとアッシュを鑑定した。

【ターニャ：勇者の卵。この世に勇者と魔王は一人ずつしか存在できず、正神の加護を受けた者が勇者。邪神の加護を受けた者が魔王となる】

【アッシュ：アッシュウルフの幼体。勇者の従者である神獣フェンリルの血を引いており、その血に目覚めつつある】

「どうじゃ？　ターニャとアッシュは、勇者と神獣フェンリルで間違いなかろう。ちなみに魔王は、ゼラリオン聖教国の教皇ギデオンがそれに該当《がいとう》する。勇者は神獣と共に魔王と戦うことが定められている」

「ちょっと待ってください。何でターニャとアッシュが勇者と神獣なんですか！」

ターニャとアッシュが、魔王と戦う？　何の冗談《じょうだん》だ？　俺はあまりのことに大きな声を出していた。

「ようやく、素質が目覚めてきたようじゃ。二人の『勇者ごっこ』も、ずいぶん本格的になってきたとは思わなかったか？　だが魔王を討伐《とうばつ》するには、まだ力不足だ。我が二人に修行をつけてやろうと思う。ハイランデル王国軍がこの町まで到達《とうたつ》するまでの、およそ一か月もあれば十分だろう」

グラシエス様が話を進める。

「ちょっと待ってください。ターニャとアッシュを戦争に駆《か》り出すなんて、絶対に反対ですよ！」

俺は、最愛のターニャとアッシュの保護者として猛《もう》反対した。冗談ではない。

「残念ながら、これは世界のルールなのだ。神々が決めたルールと言ってもいい。我にも変えることなどできない。間接的には許されても、神が直接この世界に干渉《かんしょう》してはいけないことになっておる。そのため、魔王を討伐できるのは勇者しかおらぬ。そして、勇者の最大の力になれるのは、他《ほか》ならぬ神獣フェンリルなのだ」

「……」

俺は、あまりのことに絶句した。

「正神と邪神の戦いの最終的な決着は、魔王ギデオンを討伐しなければつかない。お主がどんなに強くなったとしても、魔王ギデオンを討伐することは不可能だ。それくらい魔王という存在は、次元の違う強さなのだ」

グラシエス様は淡々《たんたん》と俺に告げた。

「ちょっと考えさせてください。大切なことなので、皆で話し合います。少しお待ちください」

俺は混乱する頭を何とか落ち着け、そう言うだけで精一杯《せいいっぱい》だった。

「……」

グラシエス様は無言で、ただキラキラとした神秘的な瞳を俺に向けていた。

結論がもう出ていることは、頭では理解していた。

しかし、心が理屈《りくつ》を拒絶《きょぜつ》する。当然だ。自分の最愛の者に「戦争をしろ」と言う他人がいたとして、「はい、わかりました」と言う人間がどこにいるだろうか。

k-224

グラシエス様の話は本当に大切なことなので、ユリナさん、アッシュを抱っこしながら話を聞いていたターニャときちんと話し合うことにした。

アッシュは、ベッドに座るターニャに抱っこされて眠っている。こんなに可愛《かわい》いターニャとアッシュに戦争させるなんて、本当にどうかしているとしか思えない。

「このようにグラシエス様は仰《おっしゃ》っている。鑑定してみた結果、ターニャが勇者で、アッシュが神獣フェンリルだということは間違いなさそうだ。しかし、俺はターニャとアッシュに戦争をさせることには反対だ。ターニャはまだ八歳《さい》だぞ」

俺は、冷静を装《よそお》いつつも憤《いきどお》りを隠《かく》せない。

「勇者が魔王と戦うというのは、皆当たり前のこと。普通であれば喜ぶことなのかもしれない。それでも私は、保護者としてターニャとアッシュに戦争をさせることには反対だわ」

ユリナさんは、はっきりとした口調でそう言った。彼女だって、ターニャのことが愛《いと》おしいに決まっている。アッシュのことなど、世界一可愛いとまで思っている。こんなに可愛いターニャとアッシュを戦場に出すなど、保護者として許容できないという気持ちは俺と一緒《いっしょ》なのだろう。

「どうしたら良いのだろう。ターニャとアッシュを命の危険に晒《さら》すくらいなら、俺がいくらでも代わってやるのだが……」

俺とユリナさんはテーブルに肘《ひじ》を突《つ》き、頭を抱《かか》える。そうしていると。

「ケイゴ、ユリナ。私、戦う。だってゼラリオン教の魔王ギデオンは、死んでいったレスタの町の子供たちの仇《かたき》なんでしょ？　私の友達《ともだち》だって、何人も死んだ。私が勇者だというのなら、グラシエス様と修行して強くなって、皆を助けたい！」

そう、決然とした表情で言うターニャ。

「駄目《だめ》だ。保護者として、許すわけにはいかない。グラシエス様、何か他に方法はないのでしょうか？」

俺は、グラシエス様に助けを求めるも、グラシエス様は力なく頭《かぶり》を振るばかり。

「お願いケイゴ、ユリナ。私だって、いつまでもケイゴやユリナに守られているだけじゃ嫌なの。今にもこの町に、アンデッドが押《お》し寄せてくるんでしょ？　ケイゴやユリナ、町の皆にだって危害が及ぶかもしれない。そして、勇者として敵を倒せるのなら力になりたいし、魔王を倒すことは私にしかできないこと。これ以上、私みたいな子供を増やしたくないの。お願い！」

ターニャが真摯《しんし》に訴《うった》えかけてきた。まだまだ子供だと思っていたのに、こんなにしっかりと物事を考えられるようになったんだな。

「……。勇者として戦うことで、私やターニャみたいな子供がこれ以上いなくなるのなら、私はターニャを応援《おうえん》するわ。ケイゴお願い。ターニャのことを認めてあげて」

ユリナさんが、ターニャの「これ以上、私みたいな子供を増やしたくない」という真摯な訴えに折れた。ユリナさん自身が子供の頃に不幸な目に遭ったのだから、なおさら共感したのかもしれない。

「それでも俺は、ターニャとアッシュを戦場につれていくなんて反対だ。ターニャとアッシュに人殺しをさせたくない。これは理屈じゃない、保護者としてのエゴなのかもしれない。でも、どうか解ってくれ」

俺は悲痛な口調でそう言った。心底悲しい気持ちだった。俺の訴えに、下を向くターニャ。それを見たユリナさんは。

「お願いケイゴ。ターニャの意思を尊重してあげて。ターニャはもう自分の意思で前に進もうとしているわ。保護者だからといって、それを止める権利なんてないわ」

「保護者だからこそだ。子供の夢を後押しするのと、戦争に行かせるのとでは全く別の話だ！」

俺は、少し感情が高ぶって、大きな声を出してしまった。しかし、ユリナさんはそれでも冷静だった。

「グラシエス様が、ターニャを勇者として修行をつけてくれるというのなら、その結果を見てからでも良いのではないかしら。あなたは鑑定スキルで、人の強さがわかるのでしょう？　それで実力不足だと判断したら、そのときに戦争への参加を止めれば良いと思うわ」

ユリナさんが、理路整然とそう言った。それに反論できなくなった俺は。

「……わかった。だが、実力不足だと判断した場合は、問答無用で戦争には連れて行かない。これは約束だ」

俺は、そう言うだけで精一杯だった。

「そういえば、アッシュの意思を確認《かくにん》していなかったな。アッシュ、お前はどうする？」

アッシュは、俺とユリナさんが口論を始めたと勘違《かんちが》いをして、床《ゆか》をウロウロしながら、時折顔を見上げ、心配そうに「クーン」と鳴いていた。そして、俺がそう問いかけると、尻尾《しっぽ》を嬉《うれ》しそうに振りながら。

「ワン！」

そう、元気よく答えた。

「そうだよな。アッシュはどこまでいっても、俺やターニャの味方をしてくれるよな」

俺はこんなにも可愛いアッシュが戦争すると思うと、やるせない気持ちで一杯になった。それでも俺は、グラシエス様の方に向き直り。

「グラシエス様、皆で話し合いました。どうか、ターニャを勇者として、アッシュを神獣フェンリルとして鍛《きた》えてあげてください。しかし鍛えた結果、力が不十分だと判断されれば、戦場には立たせられません。これが結論です」

そう告げた。

「わかった。お主の深い愛情は、今のやりとりを見て心から理解した。ターニャとアッシュは、我が責任をもって鍛えよう。それと同時に、保護者であるケイゴオクダにも力を与えようと思う。我の牙に魔力を込め、このグラシエス教の教典を写経せよ。そうすることで、我の力をお主に分け与えることができる。その力で、ターニャとアッシュを守るがよい」

俺の答えを聞いたグラシエス様は、そう言った。

k-225

俺たちは、蒼の団主導でイトシノユリナの町を上げてのランカスタ王国軍の受け入れ準備を進めていた。そんな中、ターニャとアッシュは勇者、神獣フェンリルとして力をつけるため、グラシエス様に鍛練《たんれん》をしてもらっていた。

グラシエス様が、ターニャとアッシュに鍛練を積ませている間、俺はターニャとアッシュの保護者として力をつけるため、グラシエス様から手渡《てわた》されたグラシエス教の教典で写経を始めることにした。

「では、ケイゴオクダよ。これが教典じゃ。我の牙に魔力を込め写経せよ。出来上がった教典を手にすることで、我の力を引き出して使うことができるだろう」

果たして、グラシエス教の教典には次のようなストーリーが書かれていた。

……

――竜と聖騎士の物語。


とある海の見える町での出来事。

その黒髪の乙女《おとめ》は、力ある者だった。

町に押し寄せる敵軍の波。騎士の姿をした乙女は、まるで、戦場に降り立ったヴァルキリーのようだった。その小さな体に皆の期待を一身に背負って、乙女は必死に戦った。


――しかし、多勢に無勢だった。


次々と倒れていく、乙女が愛した仲間たち。乙女も敵の攻撃を受け、瀕死《ひんし》の重傷を負う。

それでも、乙女の心は折れなかった。これから蹂躙《じゅうりん》されるであろう民のことを想《おも》い、剣《けん》を支えに必死に立ち上がろうとした。

「神よ……、我らにご加護を……」

気が付けば、乙女は自ら信じる神へと祈りを捧げていた。

――そして、その想いは。神への祈りは。上位存在たる、月と同じ色をした一体の竜の元へと届いた。

竜は、瀕死の乙女の元へ降り立つ。竜の聖なる血を飲み、『竜の牙』を与えられた乙女は竜の力を得て、敵軍を打ち倒す。町へ戻り、英雄《えいゆう》に祭り上げられる乙女。乙女は国王よりホーリーナイト、聖騎士の称号《しょうごう》を賜《たまわ》る。

しかし、竜の血を飲んだ乙女は、一向に老《ふ》けなかった。麗《うるわ》しい若さを保ち続けた。神の血による神秘の力により、乙女は不老不死となってしまったのだ。年月が経《た》つにつれ、若さを保ち続ける乙女はやがて不気味がられ、魔女と噂《うわさ》されるようになった。

自分が愛した民から、迫害《はくがい》を受ける乙女。

そして人々がそう思うように誘導《ゆうどう》したのは、邪神ゼラリオンであった。

――失意の底にいる乙女の元に、再び竜が降り立ち、乙女は竜とともに天空の彼方《かなた》へと去っていったのだった。

……

ふと俺は、この話についてデジャヴを覚えた。

どこかで聞いた話だと思った。しかし、すぐには思い出せなかった。考えていても仕方ないと思い直し、教典の写経を続けようとしたところ、気が付けば俺の横にグラシエス様が立っていた。

「その一節は、我が妻アンリエッタのことじゃ。アンリエッタが勇者として目覚めつつあることを知ったゼラリオン陣営が、彼女を迫害するよう仕向けたのじゃ。民衆の狂気《きようき》に晒され完全に心を閉ざしてしまったアンリエッタは、勇者の資質を失ってしまった。あまりに痛ましいその姿を見ていられなくなった我は、彼女を保護したというわけじゃ……」

そう言うグラシエス様は、どこか悲しそうに見えた。

k - 226

俺は二週間ほどかけて分厚い教典を写経した。

グラシエス様の指示通り、グラシエスの牙に魔力を流しつつ、紙に文字を刻んでいった。

「……できた！」

そしてようやく【蒼玉竜グラシエスの教典】は完成した。教典を開くと、刻んだ文字がうっすらと蒼色に発光している。

『個体名：奥田圭吾《おくだけいご》は、スキル、竜神《りゆうじん》の盾《たて》を取得しました』

『個体名：奥田圭吾は、スキル、竜神の浄化《じょうか》を取得しました』
『個体名：奥田圭吾は、スキル、竜神の加護を取得しました』

俺は、取得したスキルを鑑定してみた。

【竜神の盾：蒼玉竜グラシエスの力を引き出し、味方を護《まも》る盾と為《な》す。蒼玉竜グラシエスの教典を手にするときのみ発動可能】
【竜神の浄化：蒼玉竜グラシエスの力を引き出し、破邪《はじゃ》の光を放つ。蒼玉竜グラシエスの教典を手にするときのみ発動可能】
【竜神の加護：対象アイテムに蒼玉竜グラシエスの加護を付与《ふよ》することができる。蒼玉竜グラシエスの教典を手にするときのみ発動可能】

すると不意に、後ろから声をかけられた。
「我の牙を用い教典を刻んだことにより、我の魂《たましい》と教典の間に魔力回路が出来た。牙と教典の所持者となったお主と我の絆《きずな》は、より強固なものとなった。我の力を用いて、どうか勇者ターニャと神獣アッシュを導いてほしい。そして教典の教えを多くの民に広めてほしい。先日も説明したとおり、信徒の信仰心に神の力は左右される。信徒を集めることで我の力は増し、お主やターニャ、アッシユへの加護もより強力なものとなるだろう」

後ろを振り向くと、グラシエス様が立っていた。

「ありがとうございます。先日見せて頂いた竜の姿を象《かたど》った神像、そしてこの教典の内容を広めていきたいと思います」

俺はグラシエス様に対し、深々とお辞儀をした。

「そう言えば、この町にも教会があるようじゃ。ゼラリオンの力を感じる」

「はい。その教会には、敬虔《けいけん》なシスターが一人住んでおります」

「わかった。先《ま》ずは、そこの教会を何とかせねばなるまい」

グラシエス様はそう言うと俺の家を出て、教会へと向かって歩き出した。俺とアッシュは、グラシエス様の後を追いかけた。

k - 227

「グラシエス様。お願いがあります」

教会へと向かう道の途中《とちゅう》、俺はグラシエス様に声をかけた。

「なんじゃ？」

「教会にはシスター・シャーロットがおります。彼女の命を奪《うば》うことはないですよね？」

「大丈夫《だいじょうぶ》じゃ。安心せよ」

そして、俺とグラシエス様は教会に到着した。

教会のドアを開けると、シャーロットちゃんが教典を胸に抱き、神像に祈りを捧げていた。

「ちょっとよろしいかの？」

グラシエス様が、シャーロットちゃんに言葉を投げかけた。

そしてグラシエス様は、振り向いたシャーロットちゃんと、何かを説得するように話し始めた。シャーロットちゃんが、次第《しだい》に剣呑《けんのん》な目つきになっていった。

「ケイゴオクダよ。シスター・シャーロットが持つ邪書。そして邪神像に竜神の浄化をかけるのじゃ！」

そう言われた俺は、教典を左手にもち、右手で竜神の浄化を発動した。浄化の光を浴びる神像。すると、神像は禍々《まがまが》しい姿の像へと変化した。まるで悪魔を象ったような姿だ。続けて、シャーロットちゃんが持つ教典にも浄化の光を当てた。

するとシャーロットちゃんのもつ教典……、邪書が禍々しい気配を発し出した。俺の足元にいたアッシュが、危険を察知し唸《うな》りだした。

シャーロットちゃんは周囲にバチバチと赤黒い放電を走らせながら、邪書と一緒に宙に浮《う》かびあがった。彼女の瞳が怪《あや》しく光っている。これは、ただ事ではない。

「ケイゴオクダよ、邪神像を我の牙で貫《つらぬ》くのじゃ！」

「はい！」

そう答えた俺は、グラシエスの牙を手に取ると、魔力と気力を込め、邪神像に突き刺《さ》した。すると邪神像は激しく振動《しんどう》し、悲鳴のような声と共に砕《くだ》け散った。

邪神像を破壊《はかい》した後、俺はグラシエス様とシャーロットちゃんの方を見た。二人は激しい戦闘の最中にあった。


ゴウ！


禍々しいオーラを纏《まと》うシャーロットちゃんが、グラシエス様に対し衝撃波《しょうげきは》を放ち攻撃している。教会のあちこちが破壊され、滅茶苦茶《めちゃくちゃ》になっていた。しかしグラシエス様は、その見た目に反した素早《すばや》い動きで、その一撃《いちげき》一撃を難なく躱《かわ》している。そして、グラシエス様はこう言った。

「完全に邪書に操《あやつ》られておるようじゃ。ケイゴオクダ。我が引き付けている間に、嬢ちゃんに竜神の浄化をかけ続けよ」

「はい！」

俺は、左手に教典をもち、右手をシャーロットちゃんに向ける。

「竜神の浄化！」

俺の右手から破邪の光が射出された。

バチバチバチバチバチ

何かに激しく抵抗《ていこう》するかのように、邪書が放電する。苦痛に顔を歪《ゆが》めるシャーロットちゃん。

「頼《たの》む、助かってくれよ」

俺は精神を集中しながら、そうつぶやいた。

しばらくすると、邪書からの放電もなくなり、邪書だったものが地面に落ちた。

それと同時に、空中に浮かんでいたシャーロットちゃんも地面に落下した。グラシエス様がシャーロットちゃんの体を優《やさ》しく受け止めた。

ぐったりした様子のシャーロットちゃんは、意識がないようだ。シャーロットちゃんを地面に寝かせ、額に手を添《そ》えたグラシエス様は。

「安心せよ。シスター・シャーロットは気絶しているだけじゃ」

俺も、キシュウ先生に教わった方法でシャーロットちゃんを診察《しんさつ》した。脈も呼吸も問題はないようだ。それから俺は、教会の中で気絶したシャーロットちゃんを介抱《かいほう》することにした。

k - 228

キシュウ先生にも教会に来てもらい、邪神ゼラリオンの呪いが解かれ気絶したシャーロットちゃんを治療《ちりょう》してもらった。そのおかげか、彼女は特に異常もなく目を覚ました。グラシエス様と直《じか》に接し、本来の姿を見たシャーロットちゃんは、グラシエス教に改宗することにしたようだ。

……

そうこうしているうちに続々とイトシノユリナの町へ、ランカスタ王国の各地から人や物資が集まってきた。バイエルン様を始めとしたレスタの町の人々も、避難してきた。俺の小屋の管理を任せていたジョバンニさんもレスタの町の人々に同行していて、俺が小屋に残してきた荷物を可能な限り持ってきてくれた。その中には俺が書き溜《た》めていた大量の手記もあった。

「ん？　これは手紙か？　なんでこんな物が？」

荷物には何通かの手紙が紛《まぎ》れ込んでいた。こんな物を受け取った記憶《きおく》はない。きっと、ハインリッヒから追われて逃げている間に届いたものを、俺が見過ごしていたのかもしれない。

今は有事で忙《いそが》しい時だ。手紙は自宅の書棚《しょだな》に保管し、この戦争が落ち着いてから確認することにした。

蒼の団の本部建物を、ランカスタ王国軍総司令部のために提供した。また王族、諸侯貴族が寝泊《ねと》まりする場所として、エルザの宿屋を提供することにした。

避難してきた人たちのために、木材と布でつくった簡易テントを用意した。町の塀《へい》の中には納まりきらなかったので、町の外に簡易テントを設置し、警備を強化して対応することにした。

蒼の団で保護した子供たちは、避難してきた人たちのためにファイアダガーで火を熾《おこ》し、ウォーターダガーの綺麗《きれい》な飲み水を分け与えていた。子供たちの笑顔《えがお》につられて、避難で疲《つか》れ切った顔をしている大人たちの表情が、次第に笑顔になっていった。

その光景を見た俺は、子供たちの成長に感動し、思わず涙《なみだ》ぐんでしまった。


……


ターニャとアッシュの鍛練も順調だった。

最近は、ターニャとアッシュが空中を飛び回り、さながら少年誌のバトル漫画《まんが》のように、グラシエス様との壮絶《そうぜつ》なバトルを繰《く》り広げている。当初、訓練場で訓練をする者たちは口を開けて呆《ほう》けていたが、慣れとは恐《おそ》ろしいものだ。皆、特に気にする風でもなく、来《きた》るべき決戦へと向け淡々と訓練を積んでいた。

今回の敵主力はアンデッドの軍勢である。

そのため聖職者を始めとした、聖属性魔法の使い手が今回の戦いの鍵《かぎ》となる。

シャーロットちゃんを始めとする聖職者を含《ふく》めた聖属性魔法の使い手が、蒼の団の訓練場に集められた。そして聖属性魔法の使い手たちは、聖属性上位精霊《せいれい》マリスの力を用いた魔法『ターンアンデッド』の訓練に焦点《しょうてん》を絞《しぼ》り、鍛練を積んでいた。

そして、ターニャとアッシュがグラシエス様との修行を始めて概《おおむ》ね一か月が経った頃、ランカスタ王国軍総司令部に、「ハイランデル王国軍が近づきつつある」との報告が舞《ま》い込んできた。

そして俺たちは、国の存亡をかけた戦いに向かうこととなった。

教会にて

シャーロットは、ケイゴの手によって邪神ゼラリオンの呪縛《じゅばく》を解かれ、竜神グラシエスという本物の神に接することとなった。そして、敬虔なシスターであったシャーロットは、グラシエス教に改宗することとなった。

シャーロットが竜神グラシエスとケイゴからゼラリオン教の呪縛を解かれた日から、概ね二週間が経過した頃。教会には、グラシエスを模して作られた竜神の像が鎮座《ちんざ》していた。

アースドラゴンの素材で作られた竜鉄。その竜鉄でマルゴがグラシエスの真の姿を模して作った竜神の像には、ケイゴのスキル『竜神の加護』がかけられていた。

ハイランデル王国との決戦前にどうしてこのようなものを作ったのかというと、それは極めて実利的な理由あってのことだった。

【竜神の像：蒼玉竜グラシエスの加護を与えられた竜鉄製の神像。像の周囲半径二〇〇メートルに聖属性の聖域効果。不死属性をもった者は聖域に侵入《しんにゅう》できない】

すなわちこのアイテムは、ハイランデル王国の主力を成すアンデッド部隊が、万が一町に進攻した場合でも、神像の近くに隠れていれば襲われないという効果をもつ。ケイゴとマルゴは竜神グラシエスの助言の下《もと》、大切な者たちの安全を願いシェルターとして神像を作り設置した。

……

そして神像が完成し、シャーロットの教会に設置された頃のことであった。

以前、ジュノの手で捕《とら》えられ、シスター・シャーロットにより改心した元盗賊《とうぞく》たちは、自らが信《しん》仰《こう》する絶対神ゼラリオンに祈りを捧げるため、再びシスター・シャーロットの教会を訪れていた。

「こんにちは！　シスター・シャーロット様はいらっしゃいますでしょうか？」

つぶらな瞳をした元盗賊の頭領とその子分たちは教会に入り、そう声をかける。

教会には、新しく入門したシスターが増えたようで、神像に祈りを捧げるうら若き乙女たちの姿がチラホラとあった。

「あら、あなたたち。久しぶりじゃない」

元盗賊団たちに声をかけた金髪碧眼《きんぱつへきがん》の美少女は、教会の主シスター・シャーロットだった。

「シャーロットの姉《あね》さん、お久しぶりです！」

シスター・シャーロットの前に跪く五人。その姿はまるで下僕《げぼく》のようだ。

「今日は、絶対神ゼラリオン様に祈りを捧げに参りました！　しかし、姉さん。神像が何か変わっていやしませんか？」

「あら、よく気が付きましたわね。実は、ゼラリオンは邪神。どうしようもない神様だったの。そして、正神であらせられる竜神グラシエス様がこの町に降臨なさいました。グラシエス様は、邪神ゼラリオンに囚《とら》われていた私の魂をご救済くださいました。よって私は、竜神グラシエス様を崇める、グラシエス教に改宗したのです！」

両手を胸の前に組み、恍惚《こうこつ》とした表情で元盗賊たちに語るシスター・シャーロット。

「え！」

シスター・シャーロットが改宗したことを知り、驚く元盗賊たち。

「というわけで、貴方《あなた》たちには申し訳ないけれども、ゼラリオン教の邪書は返していただきます。貴方たちも、もちろんグラシエス教に改宗なさいますわよね？」

笑顔を元盗賊たちに向けるシスター・シャーロット。

「……」

邪教に心を奪われた元盗賊たちが、一瞬にして不穏《ふおん》な顔つきになった。

「不満があるようですね？　でも安心なさい。それは、邪神ゼラリオンに魂を囚われているだけ。私が導いて差し上げますわ。聖属性上位精霊マリスよ、顕現《けんげん》せよ。ピュリファイ！」

聖なる浄化の光が元盗賊たちを包み込んだ。

元盗賊たちの表情が少しずつ柔《やわ》らかくなり、そして最後には笑顔のまま涙を流していた。

こうして邪教を脱《だつ》した元盗賊たちは、本当の意味で心を入れ替《か》えることができたのだった。

k - 229

秋深まる季節。

ボーラシュ平野には、続々とハイランデル王国軍が到着。対抗したランカスタ王国軍もボーラシュ平野に陣地《じんち》を築いていた。決戦は明日にでも行われる目算だ。

国の存亡をかけた戦いの決戦前夜のこと。俺は約束通り、自宅でターニャとアッシュのステータスを確認していた。

【ターニャ：蒼玉竜グラシエスの加護を受け、真の力に目覚めた勇者。保有スキル、天歩、止水剣、激流剣、魔力障壁《しょうへき》。精霊王イグドラシルとの回路を繋《つな》ぐことにより、同時に二つの魔法を発動する複合魔法が使用可能。体力3453、魔力3612、気力3121、力3211、知能2912、器用さ2769、素早さ3522】
【アッシュ：蒼玉竜グラシエスの加護を受けた、神獣フェンリル。勇者の従者。保有スキル、天歩、巨大化、神獣の息吹《いぶき》、神獣爪斬《そうざん》、魔力障壁。体力2211、魔力2412、気力1956、力2178、知能1746、器用さ2116、素早さ2634】
ターニャとアッシュが勇者、神獣として大きく成長を遂《と》げていた。神獣となったアッシュは銀色の体毛が神々しく輝いている。俺は悲しくなり、それ以上鑑定することを止《や》めた。

ターニャとアッシュを鑑定した結果をユリナさんにも紙に書いて見せた。ユリナさんも悲しそうに目を伏《ふ》せていた。ターニャとアッシュの成長。それは、自分たちの可愛い子供たちを戦争に出さなければならないということを意味していた。

「ね！　ケイゴ、ユリナ。私とアッシュは強くなったでしょ！　お願い！　私、皆を守りたい！」

「ワンワン！」

ターニャとアッシュが無邪気《むじゃき》に目をキラキラさせながら俺に言う。

「あのな、ターニャ、アッシュ。繰り返しになるが、戦争というのは、人と人が殺し合うことだ。肉体的な強さがあれば良いというものではない。心が荒《すさ》むことだってある。それでもお前たちはやると言うのか？」

俺は、最後の意思確認をした。

「勿論《もちろん》。そのために頑張ってきたのだし、それって何もしなかったら、ケイゴやユリナ、町の皆が殺されるかもしれないってことでしょ？　そうさせないためなら、私は何だってやるわ！」

ターニャの瞳には、決意が満ち満ちていた。俺はこれ以上、何を言っても無駄《むだ》だと思った。

――ターニャはもう、何も知らない子供じゃない。

俺は自分に、そう言い聞かせることにした。

レスタの町で理不尽《りふじん》な暴力に晒されて、俺たちに助けられて、人並みの幸せを知って。そして彼女は、今自分の足で歩きだそうとしている。

良くしてくれた人たちに恩返しがしたい。きっと、彼女はそう思っているのだ。それに対して、俺は何も言えないのではないだろうか。

殻《から》に閉じこもって、人間嫌《ぎら》いだった自分。それを変えてくれた仲間たちや、妻。この世界で関《かか》わってくれた人々。俺だってその人たちに恩返しがしたくて、領主などという面倒《めんどう》な仕事を引き受けた。そして、大切な人々を守るため、領主として今まさに隣国《りんごく》との戦争に向かおうとしている。そんな俺に、ターニャの純粋《じゅんすい》な想いを否定することなどできやしないと思った。

「わかったよ。戦場には連れていく。だが、必ず俺の指示には従ってもらうぞ。勝手な行動は絶対に許さん。わかったな」

俺は、強い口調でそう言った。

「わかった！　ケイゴ、大好き！」

「ワンワン！」

そう言って、ターニャとアッシュは俺に飛びついたのだった。

第八章　決戦

shousyaman
no
isekai survival

k-230

俺《おれ》はターニャ、アッシュ、蒼《あお》の団を引き連れ、ボーラシュ平野にあるランカスタ王国軍本陣《ほんじん》に参じた。

ターニャやアッシュは、どう見ても子供と子犬にしか見えない。通常であれば、誰《だれ》もが「こんな危ないところにきちゃだめ！」と叱《しか》る場面なのだろう。しかし、グラシエス様との戦闘《せんとう》訓練を見ていたからか、皆《みな》当然力を貸してくれるだろうという認識《にんしき》でしかないようだ。保護者としては、非常に複雑な心境だった。

ターニャと手をつないだ俺は、ターニャとトコトコついて来るアッシュを見て。

「ターニャ、アッシュ。知らない人が一杯《いっぱい》いるから、勝手についていっちゃ駄目《だめ》だぞ」

八歳《さい》のターニャと子犬にしか見えないアッシュに対し、保護者として当然の言葉をかけていた。それを聞いていたマルゴやジュノも、ターニャとアッシュを見て複雑な表情をしていた。

シュラクさん、カイ先生、ハン先生、キシュウ先生などの見知った顔が本陣にいた。彼《かれ》らも一緒《いっしょ》に戦ってくれるようだ。心強い。


本陣の中、俺は師であるキシュウ先生に声をかけられた。

「ケイゴ。俺はお前に謝《あやま》らなければならないことがある。以前サブリナの治療《ちりょう》をした際、お前を殴《なぐ》ったことがあっただろう？　本当に殴られなければいけなかったのは、俺の方だった。俺は邪神《じゃしん》ゼラリオンの思考の檻《おり》に囚《とら》われ、スラム街の子供たちを助けないという選択《せんたく》をしてしまった。お前は正しく、俺を目覚めさせてくれた。本当に申し訳ないことをした」

キシュウ先生は俺に謝罪した。そして彼は続ける。

「邪神ゼラリオンが恐《おそ》ろしいのは、人々の心を悪に染め上げ、不幸に陥《おとしい》れ、誰もそれに気が付かないというところにある。お前が邪神ゼラリオンの呪《のろ》いの檻から助け出した子供たちの顔を思い出せ。そうすれば、きっとこの戦いに勝つことができるはずだ」

俺はキシュウ先生の激励《げきれい》の言葉を受け、力強く頷《うなず》いた。


……

今現在、ランカスタ王国軍とハイランデル王国軍は、ボーラシュ平野の中。川を挟《はさ》んでのにらみ合いが続いている。決戦を目前にして、今か今かと士気を高めていた。

敵軍兵力はアンデッド軍団が概《おおむ》ね二万、ハイランデル王国軍が概ね五万。対する、ランカスタ王国陣営《じんえい》は各地から兵力をかき集めたものの、せいぜい三万というところだった。

アンデッド部隊は人間がアンデッド化したゾンビやスケルトンといった下級モンスターだけではなく、コボルトファイターゾンビやゴブリンゾンビといったモンスターがアンデッドになった個体も多数確認されている。

モンスターというだけでも厄介《やっかい》なのに、不死なのである。これは、並の人間が敵《かな》うはずがないのも頷けた。

敵は、よくもここまで兵力を集めたものだ。グラシエス様は、今回の戦争では邪神ゼラリオン教団が暗躍《あんやく》していると言っていた。また、正神陣営は聖属性魔法《まほう》と光属性魔法を得意とし、邪神陣営は不死属性魔法と闇《やみ》属性魔法を得意とするとも言っていた。

これだけのアンデッド軍団を、ハイランデル王国が召喚《しょうかん》し従えているとは考えにくい。俺はグラシエス様の言う通り、邪神ゼラリオン教団がハイランデル王国に加担しているのだと思った。厳しい戦いになりそうだ。だが、絶対に負けるわけにはいかない。

そして、ブルーウルフに騎乗《きじょう》した蒼の団のブルーウルフ隊も前線へと出ることとなった。

何気なくブルーウルフ隊を観察していると、ブルーウルフたちの毛並みの色艶《いろつや》が良く、より逞《たくま》しくなっているような気がした。俺は試《ため》しに鑑定《かんてい》してみた。

【蒼玉狼《そうぎょくろう》：神獣《しんじゅう》フェンリルの統率下《とうそつか》にいることで、神獣の加護ならびに、蒼玉竜《りゅう》グラシエスの加護の影響《えいきょう》を受け進化した狼《おおかみ》。保有スキル：威圧《いあつ》の咆哮《ほうこう》、魔力障壁《しょうへき》。体力74、魔力67、気力77、力72、知能68、器用さ62、素早《すばや》さ79】

【威圧の咆哮：恐怖《きょうふ》耐性をもたない者に対する、硬直《こうちょく》効果】

【魔力障壁：魔力を防御《ぼうぎょ》障壁に変換《へんかん》する】

アッシュとグラシエス様の影響で、ブルーウルフたちが進化していた。ステータスを見ると、下手な冒険者《ぼうけんしゃ》よりもよほど強い。スキル魔力障壁は、俺たちの蒼の団の生存率に大きく貢献《こうけん》してくれるに違《ちが》いない。決戦を前にして嬉《うれ》しい誤算だった。

両軍のにらみ合いは夕暮れ時まで続き、かがり火が次々と上がった。敵軍の主力はアンデッド。国軍総司令部の読みでは、敵が動くとすれば、アンデッドが最も活発に活動できる夜だろうとのことだった。

そして、敵軍に動きがあった。ハイランデル王国軍は、アンデッド軍を最前線に展開し、全軍前進を開始した。

木々の葉が鮮《あざ》やかに彩《いろど》られ、秋が深まっている。そんな中、戦いの火蓋《ひぶた》は切られた。

k-231

「最前列の者は盾《たて》を並べファランクスの陣形《じんけい》をとれ！　その後ろに聖属性魔法部隊を配置！　敵アンデッド部隊を迎《むか》え撃《う》て！」

　前衛指揮官が、そう号令を出した。命令を受けた兵士たちが次々と大盾を並べ、長槍を前に突《つ》き出した。

　中衛には弓、長距離《ちょうきょり》魔法部隊が。後衛には回復魔法の使い手やキシュウ先生ら医師たちが負傷者の手当てをするために控《ひか》えている。そして、それぞれに指揮官が配置されていた。

　俺たち蒼玉狼に騎乗した蒼の団は、その騎馬《きば》以上の機動力を活《い》かした遊撃《ゆうげき》部隊として配置されていた。騎士貴族である俺は、遊撃部隊の指揮官を任されていた。


　そして、両軍が激突《げきとつ》した。

　とてつもない力同士のぶつかり合いだ。戦場に形容し難《がた》い音が轟《とどろ》く。大量の矢、攻撃《こうげき》魔法が両軍に降り注いだ。

「遊撃部隊は敵軍の右側面に食らいつく！　攪乱《かくらん》が目的だ。深入りはせず、一撃離脱《りだつ》を心掛《こころが》けろ！」

　俺は騎馬部隊を含《ふく》めた二〇〇〇の遊撃部隊に号令を飛ばした。俺たちは敵右側面に高速で移動する。

しかし、敵もさるもの。俺たちの動きを黙《だま》って見ているわけがない。アンデッド部隊の後方に控えた弓兵と魔導兵《まどうへい》から、大量の矢と攻撃魔法が俺たちへ向けて放たれた。

「竜神《りゅうじん》の盾」

先陣《せんじん》を切って走る俺は、高速で移動する遊撃部隊の前に巨大《きょだい》な光の盾を出現させた。竜神の盾と暴力の嵐《あらし》がぶつかり合い、ギリギリと不快な音を立てる。

「突《つ》っ込《こ》め！」

俺たちは敵軍アンデッド部隊の右側面に食らいついた。そして、頃合《ころあ》いを見て離脱する。

「あまりにも敵の数が多すぎる。アンデッド二万は、こちらの聖属性魔法部隊だけでは捌《さば》ききれないぞ」

俺は、率直《そっちょく》な感想を口にした。アンデッド部隊は恐怖することを知らず一糸乱れず、ひたすら前進し前衛に襲《おそ》い掛かっている。それに、レッサードラゴンゾンビに騎乗したコボルトキングゾンビが強力で、アンデッド部隊を統率しつつ威圧スキルを放ってくる。奴《やつ》をどうにか倒《たお》さないことには、戦況《せんきょう》はかなり厳しいものになるだろう。

「ねえ、ケイゴ。あのゾンビさんたちをやっつければいいの？」

俺の前にアッシュを抱《だ》っこして座《すわ》らせたターニャが、キラキラした目で俺を見上げてきた。ターニャとアッシュの力をできれば使いたくない。しかし、勇者と神獣フェンリルの力を借りれば、この絶望的な戦況をひっくり返すことができるかもしれない。大切な仲間たちの命が助かるかもしれない。

「すまない。ターニャ、アッシュ、力を貸してくれ」

俺は、ターニャとアッシュの頭を撫《な》でながら、苦渋《くじゅう》の決断をした。

「わかった！　アッシュ、行こう！」

「ワンワン！」

そう言ったターニャとアッシュは、飛び出したかと思うと空中を疾駆《しっく》し始めた。俺たち遊撃部隊の機動力が敵わないくらいの圧倒《あっとう》的なスピードだった。

そして、空中でピタリと静止したターニャは、両腕《りょううで》をアンデッド部隊に突き出し言葉を紡《つむ》いだ。

「精霊《せいれい》王イグドラシルへの回路《パス》接続開始。聖属性上位精霊マリス、風属性上位精霊ジンよ、顕現《けんげん》せよ。複合魔法、ターンアンデッドサイクロン」

ブオン

ターニャの背後に白銀色に輝《かがや》く巨大な魔方陣と、新緑色に輝く巨大な魔方陣が出現し、その二つが重なり合った。

ゴゴゴゴゴゴゴ

ターニャは、アンデッド部隊の中腹に聖なる巨大竜巻《たつまき》を発生させた。そして、巨大な竜巻は轟音《ごうおん》とともにアンデッド部隊を飲み込んでいった。

巨大な竜巻に巻き込まれ、次々と昇天《しょうてん》していくアンデッドたち。

そして、その神聖な暴力の嵐はアンデッドの指揮官であるコボルトキングゾンビをも飲み込み、消滅《しょうめつ》させた。

k‐232

ターニャは、たった一撃でアンデッド部隊の統率力を奪《うば》い瓦解《がかい》させた。

ランカスタ王国軍もこの好機を逃《のが》さず、防戦一方だった前衛を前進させた。聖属性魔法の使い手が、ターニャの魔法で統率が乱れたアンデッドたちを、聖属性魔法ターンアンデッドで掃討《そうとう》していった。

俺たち遊撃部隊もこの好機を逃すわけにはいかない。

「敵中衛に向けて走れ！　そして食らいつけ！　ターニャ、アッシュ！」

俺は、敵アンデッド部隊の瓦解という混乱に乗じて、長距離攻撃を放つ敵中衛部隊の側面へと攻撃を開始した。

成体の狼と同じサイズに巨大化したアッシュが、ターニャと魔力障壁を展開しながら、俺の真上を疾駆する。そして、アッシュが大きく息を吸い込むと神獣の息吹《いぶき》を放った。

ゴパアアアアア

アッシュの口から、凄《すさ》まじい光が放たれ敵中衛へと吸い込まれた。

そして次の瞬間《しゅんかん》、巨大なサークル状の光のドームが敵軍中衛内に発生。光のドームが消えると、その場所は地面が抉《えぐ》れ、高温で溶《と》けた土がテカテカと光っていた。そして、そこにいたはずの敵軍は消失していた。

アッシュの強力な一撃に、大混乱に陥るハイランデル王国軍。

そして、さらにターニャが追い打ちをかける。

「精霊王イグドラシルへの回路接続開始。雷《かみなり》属性上位精霊トール、風属性上位精霊ジンよ、顕現せよ。複合魔法、インドラの嵐」

ゴゴゴゴゴゴゴ

赤色に轟く雷雲《らいうん》の巨大なうねりが敵軍中央に発生し、次々と敵を上空に巻き上げていく。

それはもう、圧巻の光景としか言いようがなかった。

俺たち遊撃部隊二〇〇〇も負けてはいられない。混乱する敵軍に突撃《とつげき》し、駆《か》け抜《ぬ》けた。

俺たち遊撃部隊は、ターニャ、アッシュと連係して同様の攻撃を繰《く》り返した。敵軍は凄まじい俺たちの猛攻《もうこう》に戦意を喪失《そうしつ》し、敗走する兵が出始めた。

そしてついに、俺たちは戦意を喪失した敵軍の中から敗走しようとしていた敵軍大将、ハイランデル王国第一王子オーパスを捕《と》らえることに成功した。

そして、大将を捕らえられたハイランデル王国軍は、全面降伏《こうふく》した。

こうしてランカスタ王国始まって以来の戦禍《せんか》は、ランカスタ王国軍の大逆転という結果で終止符《しゅうしふ》が打たれた。

空から秋の冷たい雨が、さめざめと静かに降り注いでいた。俺にはそれがまるで、天が血で穢《けが》れてしまった大地を嘆き悲しんでいるかのように思えた。

ジュノ18

俺たち蒼の団の絶望的とも言える戦いが、ようやく終わりを告げた。

そして俺たち蒼の団の団員は、誰一人欠けることなく、大切な人たちが待つ我《わ》が家に帰ることができる。俺は王都に徴兵《ちょうへい》された際、ケイゴが皆にかけた言葉を思い出していた。

『みんな、聞いてくれ。この戦いの勝利は、敵を倒すことではない。生きて、また自分の大切な人たちの元に戻《もど》ってくることだ。絶対に死ぬな！　以上！』

ケイゴは皆に「絶対に死ぬな」と言った。そして、その命令を俺たちは成し遂《と》げた。俺は副団長として、団員の命を預かるという重責を全《まっと》うすることができた。そのことが何より誇《ほこ》らしかった。

そしてついに、ブルーウルフから進化した蒼玉狼に騎乗した俺は、ケイゴやマルゴと共にイトシノユリナの門を通った。そこで目にしたのは、町の人々の拍手喝采《はくしゅかっさい》の嵐だった。

「ジュノ……」

エルザがビックリまなこで俺を見ると、手にしていた山菜やキノコが大量に入ったカゴを地面に落とした。

それから一拍《ぱく》おいて嘘《うそ》みたいな量の滂沱《ぼうだ》の涙《なみだ》がエルザの目から流れ出した。蒼玉狼から降りた俺は、そんな世界一可愛い俺の彼女《かのじょ》を、正面からそっと優《やさ》しく抱きしめた。

「あだぢ、グジュ、ズビ、ジュノっぱら、ぼうがえってぼないじゃないがどおぼっだ」

涙と鼻水でグジュグジュになりながら、俺の服で鼻をかむエルザ。

「エルザ、お前何を言っているのか、よくわからないぞ」

俺は呆《あき》れ顔で、エルザの頭をなでた。

それから俺たちは、皆それぞれの家族の元へと散っていった。

ケイゴが、今日のところは家族水入らずで無事を祝おう、祝勝パーティーはまた明日にしようと言い出したのだ。

そして我が家に帰った俺とエルザは、二人で美味《おい》しい料理を食べて無事を確かめ合った。

k - 233

ハイランデル王国軍との戦いに勝利したとしても、奪われた領地の奪還《だっかん》、そして復興など、俺たちがやらなければならないことは山積していた。だが今日だけは、皆で勝利を祝おう。

戦争が終結した日の翌日、イトシノユリナでは町を挙げての祝いの準備が進められていた。今夜は宴《うたげ》だ。

一八：〇〇
イトシノユリナの広場に設けられた壇上《だんじょう》にて、ゲルニカ陛下が挨拶《あいさつ》をされた。

「国難とも言うべき、この度《たび》の戦《いくさ》。勝利できたのは、ここにいる者、そしてここにいない者、全《すべ》ての国民の力で成し遂げたものだ。ここに国王として、また一人の人間として礼を言わせてもらう。ありがとう」

ゲルニカ陛下はそう言うと、王冠《おうかん》をとり、深々と頭を下げた。きっと彼は、王である前に一人の人間として皆に敬意を表したのだ。

「そして、今回の戦いで特に武功を挙げた者を称《たた》えたいと思う。イトシノユリナ領主、騎士ケイゴオクダ。壇上へ上がるがよい」

意表を突かれて呆《ほう》けてしまった俺は、マルゴに肩《かた》を叩《たた》かれ我に返った。そして、人々が空けてくれた道を通り壇上へと上がった俺は、陛下の前に跪《ひざまず》いた。

「ケイゴオクダは、ハイランデル王国軍によって町が次々と陥落《かんらく》していく中、ここイトシノユリナへ民《たみ》や兵士を一時避難《ひなん》させ態勢を立て直すべきだと適切な提案をした。その提案がなければ、町は各個撃破《げきは》され此度《こたび》の勝利はなかったであろう」

陛下は続ける。

「そして、ケイゴオクダは密《ひそ》かに、幼い勇者ターニャと神獣フェンリルの幼体を保護し、育てた。勇者と神獣の活躍《かつやく》と遊撃部隊を指揮するケイゴオクダらの活躍は、皆の知っての通りだ。彼らの活躍により戦況が一気に逆転し、此度の勝利につながった。此度の戦の第一の功労者は紛《まぎ》れもなくケイゴオクダだといえよう」

ゲルニカ陛下はそこで一旦《いったん》言葉を切り、聴衆《ちょうしゅう》を見回す。

「そして私は国王として、その武功に応《こた》える義務がある。ケイゴオクダに伯爵位《はくしゃくい》と聖騎士の称号《しょうごう》を授与《じゅよ》する。また、褒章《ほうしょう》として我が宝剣《ほうけん》デルムンドを授《さず》ける。これからも、この国の繁栄《はんえい》のために邁進《まいしん》してくれ」

陛下が腰《こし》に下げていた宝剣デルムンドを高らかに掲《かか》げ、俺の両肩《りょうかた》を剣《けん》の腹で叩いた後、俺に差し出した。そして、俺はその宝剣デルムンドを恭《うやうや》しく両手で受け取った。

【宝剣デルムンド：ミスリル製のマジックウエポン。ガンド王国随一《ずいいち》を誇る、名工デルムンドが自らの名を冠した数少ない作品の一つ。使用者の魔力、気力を乗せ、斬撃《ざんげき》を衝撃波《しょうげきは》として放つことが

できる。使用者のステータス値によって、攻撃力《こうげきりょく》が変化する】

これはいつだったか、ハインリッヒとメアリーから教わった、貴族位を授与するときのポーズだ。練習していてよかった。

俺が陛下から宝剣デルムンドを受け取った瞬間、広場中が沸《わ》いた。

聖騎士か……。俺は、グラシエス様からアンリエッタ様が巡《めぐ》った悲しい物語の結末を聞いていただけに、少しだけ複雑な気持ちになった。

その後も陛下は、特に武功を挙げた者を順番に壇上に上げ、礼の言葉と褒章を授与していった。

その度に広場の聴衆が沸いた。最後に陛下が乾杯《かんぱい》の挨拶をして、俺たちは戦勝祝賀会へと突入《とつにゅう》した。ランカスタ王国中の様々な人々と飲む勝利の美酒は、それはもう格別のものだった。

第九章　暴かれる正体

shousyaman
no
isekai survival

k-234

戦勝祝賀会の後、俺《おれ》はユリナさん、ターニャ、アッシュを連れて一度自宅に戻《もど》りターニャを寝《ね》かしつけた。
それから俺は、ゲルニカ陛下に後で自分の宿泊《しゅくはく》する部屋に来るように言われていたので、陛下の泊《と》まるエルザの宿屋へと向かった。

コンコン

俺は陛下を警護する衛兵に許可を得、陛下の部屋のドアをノックした。

「ケイゴオクダです。お言葉に従ってお伺《うかが》いいたしました」

するとドアが開き、陛下は俺を自室に招き入れた。

「ケイゴオクダよ、よく来てくれた。お主に頼《たの》み事があるのだ。というのも、ハイランデル王国第一王子オーパスを捕《と》らえたのはお主も知っているかと思うが、オーパスが妙《みょう》な証言をしている」

陛下が言うには、オーパスは次のように証言したそうだ。

ハイランデル王国軍のアンデッド部隊は、ヴァーリという謎《なぞ》の男が与《あた》えた力であること。そしてヴァーリは、勇者を滅《ほろ》ぼしたいと考えていたこと。ヴァーリはレスタの町に勇者がいると感づいたが、レスタの町には勇者の殺害を妨害《ぼうがい》する者がいたこと。ヴァーリはその者との戦いの末、勝利をしたものの右肩《みぎかた》に深手を負ったこと。その後ヴァーリはレスタに潜伏《せんぷく》し、機会を窺《うかが》っていたこと。

俺は、陛下のその言葉を受け、熟考する。

「そうですね。その証言が本当だとすれば、ヴァーリは邪神《じゃしん》であるゼラリオン教の手の者であり、魔《ま》王《おう》ギデオンの手先と思われます。しかし、レスタという名前が出てきており、レスタの町の中に潜伏していたということですか……」

俺は、見えないところで陰鬱《いんうつ》とした思惑《おもわく》が蠢《うごめ》いているような気がしてならなかった。

「ケイゴオクダよ。おそらく力を失っているヴァーリは、今もどこかに潜伏しているだろう。魔物の類《たぐい》は人に化けるとも聞く。放置しておけば、次なる災《わざわ》いの元ともなろう。レスタの町と関《かか》わりをもってきた貴殿《きでん》に、今回の騒動《そうどう》の黒幕であるヴァーリの正体を暴《あば》き討伐《とうばつ》してほしい。深手を負い、力を失っている今こそヴァーリを討伐するチャンスかもしれぬ。頼めるだろうか？」

ゲルニカ陛下は俺の目を見つめ、そう言った。

「わかりました。少し考える時間をください。陛下も今日はお疲《つか》れでしょう、ゆっくりとお休みになってください」

俺はそう言うと、陛下に一礼し陛下の部屋を後にした。

k-235

自宅に帰った俺は、ランタンの明かりを見つめ、一人熟考する。ユリナさん、ターニャ、アッシュは既《すで》に夢の中だ。

今回の一連の騒動。

レスタの町南門での戦いでは、コボルトキング、レッサードラゴンと戦った。そしてハイランデル王国軍のアンデッド部隊の司令塔《しれいとう》として、コボルトキングゾンビとレッサードラゴンゾンビが召《しょう》喚《かん》されている。モンスターの共通点からして、これら二つの事件は、ヴァーリという黒幕が暗躍《あんやく》していると考えるのが妥当だろう。

そして、ヴァーリがレスタの町に潜伏していたという事実。他人に化ける術もあるという陛下の言葉。不審《ふしん》な人物はいなかっただろうか。

この点、ゼラリオン教のゴライアス神父は明らかに怪《あや》しい。

しかし、ヴァーリはレスタの町の何者かと戦い、右肩に深手を負い力を失っている。ゴライアス神父は元々ゼラリオン教陣営《じんえい》の人間であり、ヴァーリと敵対していたと考えるのはおかしい。それに、ヴァーリは勇者を倒《たお》せるほどの力を持っている。そのような敵と対峙《たいじ》できる人間がレスタの町にいるとすれば、誰《だれ》がいるだろうか。

そういえば……。

ふと気がかりになり、部屋の片隅《かたすみ》の本棚《ほんだな》に目を向ける。そして俺は、一通の手紙を手に取るとそれを開封《かいふう》し読んだ。

手紙

ケイゴオクダへ

今私は、この手紙をタイラントの町で書いている。
レスタの町で私は邪悪《じゃあく》な存在の気配を感じ、その存在を追跡《ついせき》し正体を突《つ》き止めることができた。その邪悪な存在の名をヴァーリといい、邪神ゼラリオンの配下にあたる。
私が調査したところによると、ヴァーリはレスタの町に存在する勇者を殺すことが目的らしい。ヴアーリは勇者をあぶり出すため、ランカスタ王国中の人々に邪教《じゃきょう》であるゼラリオン教を良い宗教だと偽《いつわ》り、信仰《しんこう》させている。そして人々に広く邪神の呪《のろ》いを浸透《しんとう》させ、真綿で絞《し》め殺《ころ》すように飢《う》えや病《やまい》、貧困《ひんこん》といった不幸をまき散らしている。飢えや貧困で死んでいくスラム街の子供たちも、その被害者《ひがいしゃ》だ。

ヴァーリの正体や目論見《もくろみ》を暴いた私は、死闘《しとう》の末、ヴァーリの右肩に深手を負わせることに成功した。しかし一方で、私も傷を負ってしまった。

レスタの町へ戻りこのことを皆《みな》に知らせなければならないが、町に生きて辿《たど》り着くことはできないだろう。だから私はこの手紙を残す。そしてこの手紙が処分されないよう、町外れにあるケイゴオクダの家に届けてもらうこととする。

ケイゴオクダ。どうかヴァーリから、レスタの町にいる我々の希望の光を守ってあげてほしい。頼む。

ハン

k - 236

ハン先生の手紙は、ところどころ血が滲《にじ》んでいた。俺はヴァーリが誰と入れ替《か》わっているのかを、ほぼ確信した。そして、それを確認《かくにん》する手段もある。

翌朝。

装備を整えた俺は、事情を説明したマルゴ、ジュノ、腕利《うでき》きの蒼《あお》の団の団員数名、ターニャとアッシュを連れ、エルザの宿屋にあるハン先生の部屋の前まで来ていた。ターニャには宝剣《ほうけん》デルムンドを与えた。ステータス値によって攻撃力《こうげきりょく》が変化するのであれば、ステータス値の高いターニャが持つべきだからだ。

俺は、部屋のドアを開けた。ドアには鍵《かぎ》がかかっていなかった。そして、中にはハン先生がいた。

「これは、ケイゴオクダ。朝っぱらから一体何の用だ？」

ハン先生はそう言った。俺の予想が当たり、正体を暴くことができれば、戦闘《せんとう》になるだろう。

「ハン先生。ちょっと庭に来ていただけますか？」

そして、俺たちはハン先生を庭に連れ出した。


「ハン先生、これに見覚えは？」

俺は、ハン先生に手紙をチラつかせながら問う。

「お前は何が言いたいのだ？　私は知らない」

「変ですね？　これは、あなたの手紙ですよ。ちょっと失礼します」

俺はそう言うと、ハン先生に近づき上着をはぎ取った。すると、ハン先生は右肩に大きな深手を負っていた。そこで俺の中での疑惑《ぎわく》は、確信に変わった。

「何をする！」

激高するハン先生。いや、ハン先生に擬態《ぎたい》したヴァーリがそう言った。

「ハン先生の手紙には、ヴァーリという敵と戦い、右肩に深手を負わせたと書いてある。そして、自分の死が近いとも。ハイランデル王国のオーパス王子によれば、今回の戦争でアンデッド部隊を召喚した黒幕の名がヴァーリであるとの証言を得ている。そして、今、目の前にいるハン先生は右肩に重傷《じゅうしょう》を負っている。これが何を意味するかは言うまでもないことでしょう。ハン先生に擬態したヴァーリ。正体を現せ！」

俺の言葉を聞いた、ハン先生の姿をしたヴァーリから表情が抜《ぬ》け落ちた。

「……そんな手紙をハンが残していたとはな。……いいだろう。勇者もろとも、ここで死んでもらおう」

そう言うと、ハン先生だった姿形がぼやけ、敵は真実の姿を現した。

【邪神の使徒ヴァーリ：邪神ゼラリオンの加護を受けた、魔王の腹心。保有スキル、暗黒の太陽、擬態、天歩、魔力障壁《しょうへき》。体力４１１６、魔力４３１２、気力４２４２、力３９８７、知能４２１４、器用さ３９２８、素早《すばや》さ４１６９。擬態スキルにより倒した相手の外見、能力をコピーすることが可能。深手を負っているため、ステータス値にマイナス補正大】

ヴァーリの姿は、まるでこの世の人ならざる者、堕天使《だてんし》のように見えた。黒く大きな双翼《そうよく》に中性的な美貌《びぼう》。

「ヴァーリ。貴様、ハン先生をどうした？」

俺は、怒《いか》りを抑《おさ》えながら問う。

「ハンは手強《てごわ》い相手だった。私に深手を負わせた男は初めてだった。二度戦い、私が殺した」

ヴァーリはハン先生が死んでいるという事実を、淡々《たんたん》と述べた。俺に魔法を教えてくれたハン先生は、やはりヴァーリによって殺されていた。

怒りに駆《か》られた俺は、瞬間《しゅんかん》的にカッと頭に血が上った。俺は、アースドラゴンソードを抜いてヴァーリに斬《き》りかかっていた。

k - 237

ギン！

俺の斬撃《ざんげき》は、ヴァーリの指先で作り出した魔力障壁で軽々と止められてしまった。そしてヴァーリは、まるで蟲《むし》を払《はら》うかのような手つきで俺を攻撃《こうげき》した。

ゴパア！

ヴァーリの手のひらから衝撃波《しょうげきは》が放たれ、俺は後方に吹《ふ》き飛ばされた。

「カハッ！」

俺はダメージを負い、血反吐《ちへど》を吐《は》いた。

「ケイゴ！」

「ワンワン！」

ターニャとアッシュが俺の元へ駆け寄ってきた。マルゴ、ジュノ、蒼の団の皆も、遅《おく》れて俺の傍《そば》に駆け寄る。大きな音に、周囲の建物から多くの人が出て来た。

俺は、ヴァーリのたった一撃でズタボロにされてしまった。

俺は息も絶え絶えに、アースドラゴンソードを杖代《つえ》わりにして何とか立ち上がる。口についた血を拭《ぬぐ》うと、ヴァーリを睨《にら》みつけた。先ほどはヴァーリに挑発《ちょうはつ》され、頭に血が上ってしまったが、鑑《かん》定《てい》したヴァーリのステータスは尋常《じんじょう》ではなかった。勇者であるターニャよりも高かった。

今、ヴァーリから受けた衝撃波も、ヴァーリにとっては撫《な》でる程度のものだったに違《ちが》いない。しかし、俺にとっては、アースドラゴン素材の防具を装備していなければ、致命傷《ちめいしょう》になるような攻撃だったと思う。

「ケイゴ、私とアッシュも戦う！」

「ワン！」

ターニャとアッシュが、ヴァーリを睨みながら言った。

「ケイゴ大丈夫《だいじょうぶ》か？　俺とジュノも戦う。ヤツを倒すぞ」

「俺もハン先生を殺したヤツが許せない。倒そう」

マルゴとジュノが、地面に膝《ひざ》をつく俺に肩を貸しながらそう言った。そして、俺は。

「すまない、皆。力を貸してくれ。ヴァーリは必ず倒さなければならない。ターニャ！　アッシュ！」

「任せて！」

「ワン！」

そう言ったターニャとアッシュが、魔力と気力を体中に漲《みなぎ》らせた。凄《すさ》まじい力を感じる。

それを見たヴァーリが、心底ウンザリとした表情をした。

「それにしても、惜《お》しいことをした。貴様が保護した餓鬼《がき》と野良犬が、まさか勇者と神獣《しんじゅう》フェンリルだったとは。気が付いていれば、早めに始末していたものを」

そしてヴァーリは、その中性的な美声で続ける。

「だがこうなった以上、今ここで貴様ら全員、一人残らずあの世に送ってくれる」

ヴァーリは凄惨《せいさん》な笑《え》みを浮《う》かべ、そう宣言した。俺は本物の悪意を目の前にし、背筋に寒気を覚えた。

「俺たちもいくぞ！」

俺は剣を構え、マルゴ、ジュノ、団員らと一緒《いっしょ》にヴァーリに飛び掛《か》かった。しかし、ヴァーリは空中に飛び俺たちの攻撃を避《よ》けた。

そして上空で静止したヴァーリは、腕《うで》を天高く突き上げ、巨大《きょだい》な魔力を放出し始めた。

それと、ターニャとアッシュがヴァーリに向かって、空中を駆け出すのは同時だった。

「皆、遠距離《えんきょり》攻撃だ！　食らえ！　グラシエスノヴァ！」

俺たちは空中に浮かぶヴァーリに対し、全力で遠距離攻撃を放った。

しかしヴァーリは、回避《かいひ》行動すらとらずに、魔力障壁だけで受け切った。

「貴様らの人生に終焉《しゅうえん》をもたらしてやろう。暗黒の太陽」

ヴァーリは頭上に作ったバチバチと放電する漆黒《しっこく》のオーラの塊《かたまり》を、下から向かってきているターニャとアッシュに叩《たた》きつけた。それに対し、ターニャと巨大化したアッシュは空中で静止し。

「魔力障壁！」

「ワンワン！」

ターニャとアッシュの前に、巨大な幾何学《きかがく》模様の魔方陣が二つ展開する。ターニャとアッシュはその魔方陣で、ヴァーリが叩きつけた漆黒の球体を受け止めた。

バリバリバリバリ

膨大《ぼうだい》な魔力と魔力がぶつかり合い、耳障りな不協和音を周囲にまき散らした。

ドガアアア

そして、漆黒の魔力エネルギーが爆発《ばくはつ》した。

魔力障壁の下にいた俺たちに、幸いにして被害は出なかった。一方ヴァーリも、ダメージは皆無《かいむ》の様子だ。そして、同じくノーダメージのターニャが反撃に出た。

「激流剣！」

ターニャがそう叫《さけ》ぶと、宝剣デルムンドの刀身が銀色に輝《かがや》きだした。

そして、ターニャによる嵐《あらし》のような怒濤《どとう》の攻撃ラッシュが始まった。ターニャの放つ衝撃波を魔力障壁で受け流すヴァーリ。

「シッ！」

ターニャ、短く気合いを発すると、ヴァーリに接敵。怒濤の斬撃を繰《く》り出す。防戦一方のヴァーリ。

それから、ターニャは横に飛ぶと。

「アッシュ！」

ゴパアアアアアア

アッシュの口から、光が迸《ほとばし》る。スキル神獣の息吹《いぶき》だ。

それをもろに食らったヴァーリ。ヴァーリは両手を交差してガードしたようだが、体中から煙《けむり》が上がっている。

グオオオオオ！


ヴァーリが怒り狂《くる》い、咆哮《ほうこう》した。アッシュの強力なブレス技《わざ》でも倒せない。

しかし、攻撃はこれで終わりではなかった。

「我《わ》が必殺の剣は、滅びの結末を現実に投影する水鏡《みずかがみ》の如し。止水剣」

ターニャはそう呟《つぶや》くと、残像を残し消えた。気が付けば次の瞬間、ターニャは剣を振《ふ》り抜いた格好《かっこう》でヴァーリの後ろで静止していた。何が行われたのか、俺には全く目でとらえることはできなかった。


そして……。


ヴァーリの首筋に黒い血が浮き出たかと思うと、首が胴体《どうたい》から落ちた。そこで初めて、ターニャはヴァーリの首を狩《か》ったのだと理解した。

そしてヴァーリの首と体は、まるで吸血鬼《きゅうけつき》が太陽の光を浴びてそうなるかのように、燃え上がり灰となって消滅《しょうめつ》した。

それは、俺たちが今回の騒動で、真の勝利をつかみ取った瞬間だった。

「ご苦労だった。ターニャ、アッシュ、よくぞ邪神の使徒を討《う》ち果たした」

戦闘場所となった敷地《しきち》内に、深みのある声が響《ひび》いた。

k-238

ヴァーリを倒した直後、俺たちの目の前に現れたのは、神秘的な雰囲気《ふんいき》のグラシエス様と、いつもより少しだけ柔《やわ》らかい表情をしたアンリエッタ様だった。

「グラシエス様。お力添《ぞ》え、本当にありがとうございました。こうしてターニャとアッシュを立派に鍛錬《たんれん》して頂いたおかげで、俺たちは勝利することができました」

俺は、皆を代表してグラシエス様に御礼《おれい》を言った。

そうだ、丁度良い機会だから皆に見てもらおう。

俺とユリナさん、ターニャ、アッシュ、シャーロットちゃん以外で、グラシエス様の本来の姿を見たのは、竜神《りゅうじん》の像を作るために見たマルゴくらいだ。

殆《ほとん》どの人は、空中を走る強い不思議な爺《じい》さんくらいにしか思っていないだろう。

「丁度いい。皆に知っておいてほしいことがある。陛下にも。この方は、先ほどの邪神の使徒ヴァーリが信仰する邪神ゼラリオンに対抗《たいこう》する正神。正真正銘《しょうめい》の神、蒼玉竜《そうぎょくりゅう》グラシエス様です」

「「「「……」」」」

その場は水を打ったように、シーンと静まり返った。

それはそうだろう。俺も、自分の目で見るまでは信じられなかった。

「すみません、グラシエス様。ここで本来の竜の姿になって頂くことは可能でしょうか？　ここにいる者たちは、今回の戦いを一緒に戦い抜いた仲間たちです。グラシエス様への信仰を集めるためにも、是非《ぜひ》ともお願いいたします」

俺は、グラシエス様にお願いした。

「構わぬ。では、少し我から離《はな》れるがよい」

皆、半信半疑でグラシエス様から距離をとった。

するとグラシエス様の身体《からだ》から強烈《きようれつ》な光が発せられ、巨大化していった。光が収まるとそこには、クリスタルでできた彫刻《ちようこく》を思わせるような、三〇メートルほどの蒼く美しい巨大な竜の姿があった。

「これで良いかの？」

巨大の竜から、頭に響く深い声が発せられた。

皆、口を開けて呆《ほう》けていた。ターニャとアッシュは、グラシエス様の巨大な足に飛びついて大喜びの様子だ。

「ありがとうございます。これで皆も信じたでしょう」

俺は、グラシエス様にお礼を言った。

その時、丁度雲間から太陽の光が顔を出した。暖かな光が俺たちに等しく降り注いだ。

太陽の光を存分に浴びて、眩《まばゆ》い輝きを見せるグラシエス様の本来の姿は、神々《こうごう》しいという一言に尽《つ》きた。

k - 239

それから俺たちを待ち受けていたのは、戦後処理と復興作業の日々だった。

ボーラシュ平野の戦いで、俺たちランカスタ王国軍が勝利を収めた後。

ランカスタ王国全土を見渡《みわた》してみると、ボーラシュ平野以外のほぼ全《すべ》てをハイランデル王国軍に占領《せんりょう》されているという状況《じょうきょう》だった。

もっとも俺たちには、人質《ひとじち》として捕らえたハイランデル王国第一王子のオーパス、その他多くのハイランデル王国軍兵士というカードがあった。それらを交渉《こうしょう》材料に、占領された自国の町を解放し、文書による正式な終戦へと向けて動くこととなった。

俺たちは、ハイランデル王国との国境にあるバラン砦《とりで》に向かう道中、敵に占領された町を次々と解放していった。

レスタの町では、ハイランデル王国軍により門が固く閉《と》ざされていた。しかし俺は、ターニャとアッシュ、人質のオーパス王子を連れ、門前でオーパス王子に降伏《こうふく》するよう言わせた。敵は、オーパス王子を連れた俺たちを攻撃することもできず、あっさりと降参。町を解放した。

それは、道中の他《ほか》の町や王都も同様だった。

アンデッド部隊の残党がいるかとも考えたが、アンデッドの召喚者であるヴァーリを倒したからか、ハイランデル王国軍に従っているアンデッドモンスターはいなかった。

奪《うば》われた町や王都は、俺たちが放棄《ほうき》したところを敵が占領しただけのものが多かったため、ダメージは比較的《ひかくてき》少なかった。

とはいえ、バラン砦が陥落《かんらく》しランカスタ王国軍総司令部がボーラシュ平野に国民全員を退避《たいひ》させる決断を下すまでに、無残にも焼き討ちに遭《あ》った町は少なくなかった。特にランカスタ王国北部の町や村は、深刻なダメージを受けていた。

そうこうしているうちに季節は移ろい、吐く息も白くなっていった。気が付けば、ランカスタ王国は辺り一面の銀世界となっていた。

k - 240

ハイランデル王国の占領から町を解放しつつの、俺たちの行軍は続いた。

そして俺たちは、ようやくランカスタ王国最北部、ハイランデル王国との国境に位置するバラン砦に到着《とうちゃく》した。バラン砦も、オーパス王子に降伏するよう言わせて奪還《だっかん》することに成功した。

そして、俺たちは谷間にある緩衝《かんしょう》地帯であるモルス渓谷《けいこく》を挟《はさ》んだ敵方の要衝に、「文書による正式な終戦交渉をしたい。ついてはモルス渓谷の中腹に席を設けるので、お互《たが》い代表者三名のみで明後日《あさって》朝日が昇《のぼ》る時刻に来られたし」との文書を出した。すると、第一王子オーパスを人質に取られた敵方は、一も二もなく提案に乗ってきた。

……


終戦交渉は淡々と進められた。

当方の出席者は、ゲルニカ陛下、参謀《さんぼう》総長のシルフィードさん、そして俺が選ばれた。

こちらは、第一王子オーパスおよびハイランデル王国軍兵士の身柄《みがら》を引き渡《わた》す代わりに、今回の戦争の賠償《ばいしょう》を要求した。甚大《じんだい》な被害を受けたランカスタ王国としては、当然の要求だった。

ランカスタ王国軍総司令部内では、ハイランデル王国に対しどこまでの賠償を求めるか議論となった。金銭賠償の他に領地の割譲《かつじょう》も検討された。しかしバラン砦を要衝とし、モルス渓谷《し》を緩衝地帯とした方が、ランカスタ王国としても防衛コストがかからないという意見が大勢を占めた。そのためハイランデル王国に対しては、土地の割譲は要求せず、金銭や物資による賠償要求に留《とど》めることとなった。

そして、第一王子を人質に取られたハイランデル王国は、こちらの要求を呑《の》むしかなかった。

吹雪《ふぶき》の中のモルス渓谷。

その中腹に設けられたテントの中、双方《そうほう》の代表者六名による終戦交渉が連日行われた。

そして七度目の会合で、正式に終戦条件の取り決めが記載《きさい》された文書の調印が行われることとなった。

ここにランカスタ王国とハイランデル王国の歴史的な戦争は終結したのだった。

k-241

「ハー」

俺はバラン砦の屋上で雪の降りしきるモルス渓谷を眺《なが》めながら、深く白い息を吐いた。

ランカスタ王国とハイランデル王国の戦争が勃発《ぼっぱつ》してから終結まで約半年。とても多くの血が流れた。バラン砦に来るまでの道中で見た、焼けた町や村の光景が、目に焼き付いて離れない。

――俺は虚空《こくう》に向かって手を合わせ、散っていった人々の冥福《めいふく》を祈《いの》った。


「だが、まだだ。戦いはこれで終わってなどいない」

俺は独り言《ご》ちる。罪もない人々の命を奪い、傷つけた邪神ゼラリオン教団。

奴《やつ》らは今も世界中で邪教を布教させ、不幸の種をまき散らし続けている。

それはきっと、この国で起きた不幸が他の国でも繰り返されることを意味している。看過することはできない。

戦争は嫌《いや》だ。避けられるものなら避けたい。平和な国で暮らしていた俺は、心底そう思う。

しかし邪神ゼラリオン教団は、真の悪意をもって良い宗教だとこの国の人々を欺《あざむ》き信仰させた。邪神ゼラリオンの呪いは、この国の人々に飢えや病、貧困を蔓延《まんえん》させた。それによってレスタの町だけではなく、多くの町や村で罪もない子供たちが犠牲《ぎせい》になった。

悪を善と欺き、真綿で絞め殺されるような閉塞《へいそく》した社会。スラム街で子供たちが死んでも、「仕方がない」と言って大人たちが諦《あきら》めてしまう社会。それが、邪教が蔓延《はびこ》るこの国の姿だった。俺が尊敬するキシュウ先生ですら、邪神ゼラリオンの呪いによる思考の檻《おり》に囚《とら》われていた。邪教の呪いは人の思考に影響《えいきょう》を与える、相当に根深いものだった。

人には明確に「ノー」と言って、声を上げなければならない時があると思う。俺にとって、ゼラリオン教とはそういう存在だ。邪教を打倒《だとう》することで、世界が救われるのならば、俺は剣を握《にぎ》ろう。そして、精神的に未熟なターニャを導いていかねばならない。

俺は一人、敵と対峙する決意を新たにしていた。

エピローグ

shousyaman no isekai survival

英雄《えいゆう》とは何かと問われたとする。
主体性のない人生を歩んできた俺《おれ》は、その世界における誰《だれ》もが認める存在だ、と答えていたと思う。

この不思議な世界には、勇者や魔王《まおう》、そして神様までもが実在した。
であればこの世界における英雄は、勇者であるターニャであると間違《まちが》いなく答えていただろう。

でも、今は違う。

戦争という非日常。温かくも力強く生きる、俺たちの大切な日常。俺はこの不思議な世界で、生命が輝《かがや》く姿を目《ま》の当たりにすることができた。主体的に自分の人生を歩む人々と関《かか》わっているうちに、俺自身の考えも変わることができた。

そして今俺は、冒頭《ぼうとう》の問いについて別の答えをもっている。

英雄の本当の意味は、自分の人生を命の限り生きている人。自分というものを、人生における唯《ゆい》一無二《いつむに》の主人公に据《す》えている人を言うのだ。

俺たちは邪教《じやきよう》と対峙《たいじ》し、そして一時の勝利を掴《つか》み取った。それは、一人一人が命の限り生きた証《あかし》だった。ターニャだけが英雄であるということでは、決してない。

では、俺自身はどうか？　胸を張って自分は英雄だと言えるのだろうか？

だがその問いは無意味だと思う。なぜならそれは主観の問題であり、自分が知っていれば十分なことなのだから。

あとがき

『商社マンの異世界サバイバル　～絶対人とはつるまねえ～』第三巻をお買い上げ頂き、ありがとうございました。

本作品の第一巻は二〇二〇年二月、コロナ禍《か》の中、刊行されました。

前月の一月にカクヨムコンテストの授賞式に出席するため東京に行ったときには、誰《だれ》もマスクなどつけていなかったのに、気が付けば誰もがマスクをつけなければならない世の中となってしまいました。私の家の目の前にある小学校も施設自体が閉鎖《へいさ》となり、「とんでもないことが起きている」と思いました。

そしてこの第三巻は、まさにコロナ禍の中、執筆《しっぴつ》がスタートしました。

本作品はシリーズを通して、人の心と心の距離《きょり》感、心の矛盾《むじゅん》をテーマに描《えが》いております。言葉が通じないからこそ生まれる友情があり、友情に言葉はいらない。人は言葉で傷つけ合う生き物だ。それでも人が恋《こい》しくなって近づいて、また離《はな》れて。そんなことを繰《く》り返し、葛藤《かっとう》しながらも、友情や愛情を育《はぐく》んでいく。「サバイバル」という言葉は額面通りの意味だけではなく、そうやって傷だらけになりながらも人として成長し生き抜《ぬ》いていく人生そのものを意味している。そんな想《おも》いを込《こ》めた言葉でもありました。

「ソーシャルディスタンス」という言葉が、コロナ禍の中、誕生しました。

その意味を調べると「社会的距離《きょり》、他者との心理的距離」という意味だそうです。「感染予防のため、人と人との距離は二メートル以上のソーシャルディスタンスをとりましょう」という使い方をするので、物理的距離「フィジカルディスタンス」が正しい用語なのではないかという指摘《してき》もあります。

そんな「ソーシャルディスタンス」という言葉ですが、私たちは外出の際は必ずマスクをして、移動や人との物理的な接触《せっしょく》を避《さ》けるようになりました。家族のことを思えば、人が集まるような交流の場に行くこと、知らない人との接触をすることを怖《こわ》いと感じるようになったと思います。他者との物理的距離が開いたことで、他者との心理的距離も開いたと感じています。

今、他者との心理的距離が広がる中、否《いや》が応でも自分自身と向き合う時間が増え、これからどう生きていくのかを問われる時代になってきたと思います。そんなことを考えつつ、私は本作三巻のエピローグにその答えを書いたつもりです。本書を手に取って頂いた皆《みな》さんには、是非《ぜひ》プロローグから通してエピローグまで読んで頂けると嬉《うれ》しいです。

最後に御礼《おれい》の言葉を述べさせて頂きます。

本書を刊行するにあたり、編集部の川崎《かわさき》様、柏井《かしわい》様、武田《たけだ》様、イラストレーターの布施龍太《ふせりゅうた》様、校正者様には本当にお世話になりました。またコミカライズでは、漫画家《まんがか》の五條《ごじょう》さやか様、月刊ドラゴンエイジ編集部の豊原《とよはら》様、三浦《みうら》様、TINAMIの鈴木《すずき》様には本当にお世話になりました。また、私が完全なる趣味《しゅみ》で「本作品のテーマ曲を作りたい」という妄言《もうげん》に付き合っていただいた、作詞家の夕野《ゆうの》ヨシミ様、作編曲家のコバヤシユウヤ様にも本当にお世話になりました。いつも私を支えてくれている家族にも感謝を伝えたいと思います。

そして、本書を購入《こうにゅう》して頂いた読者の皆様《みなさま》。本当にありがとうございました。読者の皆様がいなければ、本書が世に出ることはありませんでした。

閉塞《へいそく》した息苦しい世の中で生きている今だからこそ、せめて何か一石を投じたいと思って本書を執筆しました。皆さんの心に、何か響《ひび》くものがあることを願っております。

二〇二〇年一二月六日

餡乃雲《あんのうん》

本書は、「第4回カクヨムWeb小説コンテスト」で特別賞を受賞した「商社マンの異世界サバイバル　～絶対人とはつるまねえ～」を大幅《おおはば》に改稿《かいこう》・加筆し、書籍《しょせき》化したものです。

DRAGON NOVELS
ドラゴンノベルス

商社マンの異世界サバイバル
～絶対人とはつるまねえ～3

2021年3月5日　初版発行

著　　者　餡乃雲《あんのうん》

発 行 者　青柳昌行

発　　行　株式会社 KADOKAWA
〒102-8177　東京都千代田区富士見 2-13-3
電話 0570-002-301（ナビダイヤル）

編　　集　ゲーム・企画書籍編集部

装　　丁　AFTERGLOW

D　T　P　株式会社スタジオ２０５

印 刷 所　大日本印刷株式会社

製 本 所　大日本印刷株式会社

DRAGON NOVELS ロゴデザイン　久留一郎デザイン室＋YAZIRI

●お問い合わせ
https://www.kadokawa.co.jp/（「お問い合わせ」へお進みください）
※内容によっては、お答えできない場合があります。
※サポートは日本国内のみとさせていただきます。
※ Japanese text only

定価（または価格）はカバーに表示してあります。

ISBN978-4-04-073999-1　C0093

二度目の人生は
棄てられ勇者、
三度目の人生は
獣人のわんこ族と
旅に出ます。
連載10年越えの
話題の長編ファンタジーが、
ついに書籍化!

あれっ!? 田舎暮らしは、
思った以上に刺激的でした。
うん、僕はここで生きていく。

異世界覚醒超絶クリエイトスキル
①～生産・加工に目覚めた超有能な僕を、世界は放っておいてくれないようです～
②～超有能な生産・加工スキルで、囚われの魔族少女を救います～
著：たかた
イラスト：みことあけみ
1~2
みことあけみ先生自ら描くコミックが、コンプエースで連載中！
DRAGON NOVELS

無能とレッテルを貼られ
追放された少年が、
創造スキルで一発逆転！
クラスごと異世界に転移し、
追い出されてしまった隆也に宿った超絶スキル。
そのときから、かわいい女の子と世界が隆也を求め始めた！

うちの娘は
少しおかしい
My daughter is a little strange
著：第616特別情報大隊
イラスト：水あさと
父は有力マフィア、
母は伝説の魔女――
天然娘クラリッサが、
学園も王子も完全掌握！
水あさと
巻頭口絵
マンガ収録！
DRAGON NOVELS

とんでもない新入生
がやってきた！